ANDREA JEFTANOVIC

ESCENARIO DE GUERRA

ESCENARIO DE GUERRA

Colección Bartleby

San José, Costa Rica.
Apartado Postal 7202-1000 San José
Correo electrónico: info@edicioneslanzallamas.com
www.edicioneslanzallamas.com

Juan Murillo y Guillermo Barquero, editores
Mónica Lizano, diseñadora de la colección
Gustavo Chaves, revisión de texto
Julia Toro, fotografía de contraportada

CH863.4
J45e

Jeftanovic, Andrea
Escenario de guerra / Andrea Jeftanovic –1a. ed.– La Unión, C.R.: Ediciones Lanzallamas, 2012.
168 p.: 21 X 14 cm. - (Colección Bartleby 3)

ISBN 978-9968-636-09-4

1. Novela chilena. 2. Literatura chilena. I. Título.

Impreso en Estados Unidos

"No quiero quedar fijada, inmovilizada. Me estremezco y tiemblo como la hoja del seto, ahora, sentada en el borde de la cama, colgantes los pies y con un nuevo día abriéndose ante mí. Tengo cincuenta años, tengo sesenta años, por delante. Nada he gastado de mi herencia. Estoy en los inicios".

Virginia Woolf

"Sabe por qué le asustan las visitas que caminan sobre sus alfombras: bajo ellas hay miles de cartas sin abrir".

Elías Canetti

ACTO I

1. Función a solas

Me siento en la última fila. Desde aquí, el resto de los asientos vacíos se extienden como hileras de tumbas. Se abren las cortinas, estoy en el sombrío comedor de mi casa. Hay algunos elementos: unas estatuas de piedra y el cuero de un lobo aplastado. En una esquina hay una mesa con cinco sillas, la de la cabecera cojea. Unos rosetones desteñidos estampan el papel mural. Comienza la función de mi infancia. Sucesivos cambios de casa, no podemos anclarnos en ningún punto fijo. El camión de mudanzas estacionado a un costado de la acera, los colchones resbalándose del techo y siempre mi triciclo en lo más alto de la pirámide.

Estoy hundida en el sillón de felpa. Hago dibujos sobre su tapiz tornasol. Escribo una frase secreta en el respaldo. Me arrepiento y borro a contrapelo el jeroglífico. Escucho a mamá llamándome desde la calle. Mis pisadas repiquetean sobre las palmetas de parqué; el escenario se transforma en un pasillo infinito. Cruzo el luminoso umbral. Como en un ritual de despedida doy la última vuelta por el jardín. Del aseo a medio hacer quedan unos trapos húmedos amontonados sobre los pastelones del patio. Recojo un paño y limpio la ventana de la casa que estamos abandonando. Han olvidado a mi muñeca Patricia a los pies de la escalera. Me quedo mirándola hasta que el brazo de mi madre me arrastra hacia el auto con el motor en marcha. Lloro con mi cara apoyada contra la fría ventana trasera sin que nadie lo note.

Se superponen las ventanas de las casas en las que he vivido: un ventanal gigante que daba a la calle desierta, un tragaluz subterráneo, un armazón de madera hinchado por la humedad del mar, unos barrotes de fierro oxidado que enfilaban una avenida con palmeras, una cristalera que pasó un año trizada. La casa con mis papás, sin mi mamá, con mis hermanos, con unos señores que no conozco. Primero mi habitación en el segundo piso con Adela y Davor. Después en un estrecho apartamento, sólo con papá. Mi cama angosta o mi lecho amplio, que es el mismo de mamá. Nuestras cosas en bolsas, en cajas de cartón, en antiguas valijas amarradas con cinturones. En mi pequeña maleta llevo la foto de una vecina que fue mi mejor amiga. Conservo una botella de vidrio en la que mezclo tierra de todos los jardines donde he jugado.

Odio la casa de la avenida con palmeras. Ahí comenzó todo... Están arreglando el inmueble. Van a pintar las paredes, la casa está alfombrada con papel de diario. Las puertas descascaradas y todo lleno de polvo. Camino por las habitaciones y el periódico se rasga, crepita. Me encuentro con Lorenzo. Así se llama el maestro que merodea la casa vestido con un mameluco de tela. Tiene los ojos negros, los brazos velludos, los hombros rectos. Mientras desliza el pincel silba una canción de la radio. Pide permiso cada vez que cruza una nueva habitación. Pinta la cocina, *permiso*, pinta la sala de estar, *permiso*, ahora mi cuarto, *permiso*. Almuerza un bocadillo en la cocina. Duerme una siesta en el patio con el torso desnudo. En la tarde barniza por segunda vez las paredes que pintó en la mañana. Aspiro y la casa huele a un diluyente que embriaga. El maestro le enciende un cigarrillo a mamá, después se encierran en el comedor mucho rato. Pienso en sus cejas que enmarcan una mirada oscura. No tengo reloj, pero sé que es demasiado tiempo. A través de la puerta escucho el crepitar de las hojas de periódico. El pestillo de la puerta me mira con su ojo miope. Apoyada en la ventana alcanzo a contar veintisiete autos que pasan por la calle.

Un tiempo después levanto el auricular, escucho que alguien le dice a mamá *te quiero* y después ríe. Es el maestro. Lo reconozco por esa voz carrasposa. Papá está lavándose los dientes. Grito, pateo las paredes, me arranco los botones del piyama. Papá sale apresurado del baño babeando pasta. Pregunta qué pasa. Mamá levanta una ceja y dice, *es otra de sus pataletas*. Mi corazón es un tambor, sus golpes aumentan de volumen. Tacatacatá. Se ha apoderado de mí un hipo que resuena bajo mi pecho. La percusión se acelera. Ella me pasa un vaso con agua y azúcar, apaga la luz del dormitorio, cierra la puerta. Ahora mi llanto resuena contra la almohada. Resplandecen en mi cabeza las chispas de ese cigarro compartido. Me mira de nuevo el ojo cíclope de la cerradura del comedor que ofrece una sinopsis en la mirilla tuerta. Los focos de los autos que pasan por la calle iluminan una esquina de mi habitación. Sus formas se dibujan en la pared. Una camioneta acaba de dejar su cabina dibujada en el muro frente a mi cama.

Entonces se escucha un rumor tras bambalinas. El director de la obra anuncia que esto ha sido sólo un extracto, una escena. Una función a solas. Se sube el telón, comienza el primer acto.

2. Tengo la misma edad de papá

Tengo la misma edad de papá. Él se detuvo a los nueve años cuando comenzó la guerra. Yo tampoco quiero crecer más, deseo acompañarlo en su tristeza de nueve años. Papá duerme con la luz prendida al igual que yo. Dice que en la oscuridad pueden entrar los árboles negros. Papá teme a la sirena de mediodía. A esa hora un oficial de bigote lo saluda con su brazo alzado. Papá es un niño de un metro noventa, talla XL, manos arrugadas. Tengo los mismos años que papá. Sólo que él ha cumplido varias veces la misma edad.

Papá tiene siempre la idéntica pesadilla. Él en una estación de trenes vacía. Piensa que la mano de Dios lo dejó en el andén equivocado: *Cuando giro la cabeza, veo multiplicarse los rostros perdidos de los niños. La mirada ausente de las mujeres. La espalda encorvada de los hombres. Tengo los puños cerrados. Todos ellos peregrinan cabizbajos por este paisaje atómico. Son cientos, son miles que arrastran sus pies sobre los rieles de metal. Y tengo los puños cerrados. Estos seres abordan los vagones. Sigo con los puños cerrados. Suena el silbato agudo. Las ruedas de fierro se ponen en movimiento. Comienzo a andar con los puños cerrados. Las sombras de los vagones reptan el suelo. Los veo alejarse haciéndome señas con sus manos que se asoman por estrechas ventanas. Corro sobre los durmientes con los puños cerrados. Los contemplo hasta que la oscuridad de un túnel se traga a las últimas figuras. Corro y corro detrás del tren, pero quedó a medio camino, en la dirección opuesta.*

Papá está ausente mientras lee el diario y piensa en la guerra. Saca cuentas, suma, resta; extrae el promedio aritmético de esa época. Yo le digo que olvide, que en casa no hay más que soldados de plomo, pistolas de agua. Dice que alambres de púas rodean sus sueños. Papá se retrasa porque piensa en la guerra. Una marcha de botas galopa hacia sus oídos. Siempre lleva pan en sus bolsillos. Me prohibió leer libros de historia, anota un año en sus piernas. No sabe que escondo una enciclopedia debajo de la cama y que yo también registro esa fecha. Vigila la despensa, contabiliza los alimentos no perecederos: tarros en conserva, paquetes de arroz, bolsas de legumbres engrosan su lista. Todos los días hace el inventario de la caja fuerte.

Siento deseos de abrazar a papá y anunciarle que la guerra ha terminado, pero cada uno llora a solas en su dormitorio. Dos mil cuatrocientos cincuenta y siete, es el número que papá sin saberlo me escribe en el brazo cuando cumplo nueve años. Esa es la cifra que me duele, es la cantidad de días que duró la guerra, todas las lágrimas que papá ha llorado. Conmemoro mi noveno aniversario con un número de cuatro dígitos. Anexo el 2, el 4, más el 5 y el 7. Miro a papá pasar el día abriendo y cerrando el diario. Dos mil cuatrocientos cincuenta y siete son los días que a papá le deben.

Desde la azotea de la casa de su niñez, papá ve a dos soldados tocar la puerta. Los dos hombres conversan en voz baja con su madre en el recibo. Mientras espera en el tejado, se mueve nervioso de un lado para otro. Siente en sus pies el alquitrán caliente. Desde lo alto ve que se llevan a su padre sujeto de los brazos. Hay una dentellada de fuego en el horizonte. Siempre recordará que esa tarde de verano no le salió la voz para preguntarle a su padre adónde iba, a qué hora regresaba. Tampoco le pudo decir adiós. En las semanas siguientes interrogará a todos los uniformados por su papá, enseñándoles una antigua foto. Y el niño siente que su mutismo se transforma en un golpe que retumba bajo su pecho. Hará que nunca más vuelva a caminar erguido. Ese día lo llevarán a vivir a otro país del que ni siquiera ha escuchado su nombre.

Ahora papá duerme en la habitación contigua a la mía, pero cuando cierra los ojos yace en una despensa con cucarachas junto a sus dos hermanos. Está quieto en medio de las catorce latas que quedan de comida. Papá es tan pequeño que desaparece detrás del empapelado y sus pestañas tocan la pared. Los tres niños contienen la respiración porque en el pasillo se escuchan pisadas extrañas. El día anterior encontraron la puerta de casa rota. La madera arrancada de los goznes y en el suelo una nota en otro idioma. Su madre pasa las horas ordenando el armario. Limpia zapatos, cepilla trajes, dobla camisas. Desplaza cómodas y sillones. Invierte de lugar su cama, arrima el comedor. Siempre vestirá de negro. Durante la noche leen las listas clandestinas bajo la luz de las velas. No encuentran el nombre de su padre en los renglones mecanografiados. La esperma cae en goterones tachando apellidos.

Papá dice que llueve tan triste dentro de él. Sueña que Dios se arrodilla en su hombro y le pide perdón.

3. La memoria de los sentidos

Papá niño tiene el estómago hinchado por la falta de alimento. Cuando digo *me muero de hambre*, él se pone nervioso y abre la alacena. Revuelve paquetes, enumera envases, tarros y cajas. Altera el orden de los alimentos. Tacha algo en su libreta de víveres. Sin mirarme a los ojos me extiende un puñado de pasas.

En la ciudad de papá, tres cajas de alimento eran intercambiadas por un dato incierto. Un litro de gasolina por una reunión con un oficial. Una joya familiar por un pasaporte falso. Sus avenidas estaban iluminadas por los reflectores vigilantes del enemigo. Un círculo de luz cubría su nuca durante el trayecto entre la escuela y su casa. Los hombres vestían el uniforme de los harapos. Caminaban descalzos porque ya habían vendido su último par de zapatos. Los perros lanzaban gruñidos guturales mientras escarbaban la basura, lamían las llagas de los muertos. Las alcantarillas estropeadas, los inodoros con pérdidas. El estiércol en las veredas, en las esquinas, impregnando las ropas, los muebles, los postes. El temor estrangula los intestinos. Pisar las calles era pisotear los propios excrementos, los del vecino, los de los otros habitantes que viven con miedo. Un río coagulado de desechos y heces. Las heces se transformar en "eses". "Eses" que se cruzan con "zetas" y "haches". Una trenza de estiércol es la columna vertebral que se desplaza en forma de "ele" por la ciudad.

Estoy cerrando la puerta del baño y escucho la voz alterada de papá. Quedo detenida en medio del pasillo, dándole la espalda.

–Tamara, ¿tiraste la cadena?

–Sí –respondo, y me tiemblan las piernas mientras continúo caminando.

–¿Segura? –insiste.

–Sí –asiento con la cabeza, con el cuerpo.

–Entonces ¿por qué hay olor a mierda?

Inhalo y no siento nada. Sé que otra vez lo atormenta ese olor que sólo existe en su mente. Desde mi dormitorio lo escucho accionar varias veces el retrete; el agua corre y él aplica aerosol. Papá huele las esencias acres y rancias de su ciudad de infancia. Le da arcadas ese olor que quedó adherido a sus fosas nasales. Esa noche sueño que abro la puerta del baño y encuentro a papá muerto, sentado sobre la taza del excusado rebalsada de excrementos.

Los niños de la ciudad pasan la tarde frente a la confitería. Papá al otro lado de la vitrina, mirando la película de caramelo que se derrite bajo las ampolletas. Los colores de los dulces forman un arcoíris. A través del cristal, saborea la paleta que se deshace en su boca y su lengua se mueve agrietada. Quisiera deslizar por su garganta los tibios chocolates envueltos en celofán. Pero toda ensoñación termina cuando le suenan las tripas. El hambre que llena la cabeza, la cavidad de un abdomen que se contrae. Amplificar el recuerdo del único bocado del día. Ese mendrugo de pan masticado en un par de movimientos dentro de la boca y una infinidad de veces en la mente.

En la mesa, papá come apresurado, y deja el plato despejado de restos. Vigila la equivalencia de las porciones servidas. Mira de soslayo los otros cuencos de la mesa, acumula el residuo de las fuentes en su plato. Papá raspa la superficie hasta hacer chirriar la loza. Después, unta con un pedazo de pan el jugo de la comida y dibuja aureolas en el plato. Termina su porción antes que nadie.

–¿Hay más? –pregunta.

–Ya has comido suficiente –responde mamá.

–¿Hay más? –pregunta él como si no hubiera escuchado.

Todos quedamos en silencio mientras dirigimos lentamente los tenedores hacia nuestras bocas.

–¡Quiero más! –insiste.

Mamá le acerca un pan que él unta con manteca y devora ansiosamente. No ha terminado el mendrugo, cuando interrumpe nuevamente.

–¿Quién me convida algo? –interroga en un tono entre autoritario y dulzón.

–Pero... si todavía no has terminado –dice mamá, nerviosa.

Papá mira vigilante al resto de los comensales. Rescata mis sobras, que empuja sonoramente con el tenedor hacia su plato. Sigue masticando después de que todos hemos terminado y yacemos lánguidos sobre la mesa. Come incesantemente porque en cualquier momento puede comenzar la guerra.

Si papá mira por la ventana, se queda hipnotizado en el horizonte... allá desfilan soldados de trajes pardos que exhiben las culatas metálicas de sus fusiles, marchan en dos filas con sus rostros impertérritos, seguidos de coches blindados. Ahora está sentado en el sofá. Llamo a papá, no me escucha. Ha erigido una muralla de noticias. Está leyendo el diario en un alfabeto sin memoria. En sus oídos, cada vez que lee el diario, una cinta de sonido gira en banda mientras él guarda silencio. Traspasa el papel, está en otra época, pensando en otro idioma. A papá lo invaden siempre los mismos ruidos: las pisadas sobre los adoquines, los arañazos de una pala contra la acera, el silbido agudo de las bombas, los estertores de un moribundo. Si sigue repasando las noticias, escucha los chirridos del eje del tren, el golpe seco de un portón de madera. Entonces, recuerda el otro uso del diario. En su pupila flotan los cadáveres en la calle cubiertos por hojas de periódico.

4. Familia de otro continente

Somos el público favorito de nuestros padres. Mi familia aprendió a montar su obra de teatro en otro continente. La función comienza a medianoche. Papá siempre tarda porque piensa en la guerra. Debajo de nuestras almohadas escondemos el mismo minutero con el que mamá cronometra sus atrasos. Cuando sentimos su llave girar en la puerta principal, nos desplazamos a nuestros puestos. El sofá de felpa azul es el palco. La alfombra es la galería. Nos acomodamos en la butaca de la sala de estar y mis padres salen a escena. Mi madre viste una bata roja que insinúa su voluptuoso escote; luce una cara más demacrada sin maquillaje. Mi padre aparece distraído, algo más agachado, con una mano en el bolsillo. El piso de madera cruje, la lámpara del techo se balancea en sus lágrimas. Con mis hermanos, enfundados en piyamas deformes, arrimamos nuestras cabezas y se nos dilatan las pupilas.

La función se extiende tras bambalinas. Acostados en nuestras camas, escuchamos las palabras entrecortadas de mamá, las exclamaciones roncas de papá. Ruido de cajones que se cierran y abren. Un temblor recorre el piso, hay carreras por su habitación, voces golpeadas que vibran en las paredes. Se remueven los cimientos de la casa. Es un movimiento que abre una franja entre nosotros y dentro de cada uno. No queremos escuchar más. La frazada de lana sigue apretada alrededor de las cabezas hasta ya no oír; nos hiere las mejillas, nos llena los ojos de pelusa.

Jamás recibimos con aplausos este espectáculo. Noche a noche aquel instante volvía a desplegarse bajo nuestras ojeras de niños. Cuando todo cesaba, volvíamos a dormir. A la mañana siguiente nadie hablaría de la representación, ni ese día ni nunca. Sólo permanecería como evidencia el hueco en el sofá, por nuestros cuerpos hundidos durante largas horas. De pronto la duda fugaz: ¿lo habremos soñado, lo habremos vivido? Sólo nos quedarán esas frases provenientes de la habitación de arriba como un eco interno *ándate, no te quiero ver más, eres un déspota*. Se quedan flotando, girando, repitiéndose y amenazando con enloquecernos.

Hace un tiempo que en el refrigerador sólo hay un pote de margarina, la mitad de un limón, botellas vacías. En el cajón de la fruta encuentro tres manzanas arrugadas. Entro al baño; la llama del calefón está apagada, un poco de hollín queda en su agujero de colmillos metálicos. Las tuberías suenan agudas cuando se abre la llave del agua caliente. Comienzan a llegar sobres timbrados con la palabra URGENTE que mis padres no abren. La directora del colegio nos llama a su despacho a mí y a mis hermanos para comentar la cuota impaga. *Amores míos, díganle a los papás que el último plazo vence el próximo viernes*, modula suavemente con sus labios pintarrajeados. Yo miro de reojo la flor de género prendida en su vestido. Salimos con las manos escarbando los bolsillos con arena y migas. Vuelvo a casa y veo a papá con un alto de cuentas sobre la cama deshecha, presionando los números de una antigua calculadora.

Mamá está agitada, dice *no hay plata en esta casa, comenzaremos a morirnos de hambre*. Mientras habla, camina de un lado para otro agitando sus joyas de fantasía. La casa en completo desorden, las toallas tiradas sobre el piso, el lavaplatos con vajilla sucia, las persianas cerradas. Todo impregnado con olor a encierro. Adela pregunta por la señora del aseo. La han despedido. Los tres nos miramos y acordamos tácitamente no decir nada sobre la matrícula adeudada. Cuento mi dinero escondido en la caja de chocolates; no es suficiente, no podríamos sobrevivir ni siquiera un par de días.

5. Aprendí a escribir imitando los dibujos de otros niños

Aprendí a escribir imitando los dibujos de otros niños, en un costoso esfuerzo por llenar la página. Las preguntas de papá iluminan mis búsquedas, las cosas que después leo. Busco respuestas reuniendo retazos, claves, frases incompletas que encuentro en libros, revistas de la época, cartas familiares. Armo un rompecabezas juntando las interrogantes de papá y mis hallazgos. Busco el significado de oraciones sueltas, extraños términos y su significado en el diccionario. Anoto *fosas comunes*, *epidemia*, *deportaciones*. Algunas de esas palabras no aparecen y entonces se abre un nuevo abismo.

Las cosas que mamá dice que no repita las escribo en mi cuaderno para que no se me olviden. Voy anexando palabras que suenan bien entre sí, dibujando su significado con cuidadosa caligrafía. Combino esdrújula con grave, consonantes y vocales, verbos pretéritos futuros. Debo terminar esta frase, pero me distrae la discusión de la noche anterior. Sigo escribiendo, me lleno de ideas. Vivo fuera de plazo. Sumergida en una época que no me pertenece. Habito en lugares en que nunca he estado presente. En cambio, papá permanece en ese tiempo remoto.

Papá sigue pensando en la guerra; me prohíbe leer libros de historia mientras anota un año en sus piernas. Yo también registro esa fecha como un tatuaje en mi mente. Un día descubre la enciclopedia que escondo debajo de la cama y no dice nada. Busco más, me pierdo en otros libros. Palpo con las yemas de los dedos el dibujo de ese continente y marco con alfileres las ciudades que algún día conoceré. Un terrón yace desparramado sobre el centro de un mapa del mundo. Nunca supe si éramos de aquí o de allá. Fundé mi patria en un cuaderno azul donde no soy minoría. Mamá y papá insisten en que sea ignorante. Que no asista al colegio, que no lea tanto, que basta con unos sonidos; que la historia es para los que no tienen presente. Copio párrafos de libros, fechas, personajes. Soy testigo de hechos en los que no estuve. Hasta que doy con los nombres que siempre he escuchado en casa. A medida que leo, me voy tapando la boca para que no se me escape el horror de los labios. Interrogo sus rostros y adivino el gesto que esconde todo ese odio. Ilustro en la hoja todo lo que pienso. Ahora soy capaz de nombrar los lugares, las personas, las fechas que me duelen. Me da pánico seguir leyendo, pero necesito entender a mis padres.

Papá y mamá vienen de tan lejos. Se nota en la distancia que establecen con otras personas. Sus ciudades remotas se hacen presentes en discos en otro idioma, en particulares expresiones que acuñan en casa. En casa rezamos a otro Dios, celebramos otras fiestas, se habla una lengua que me es familiar y no entiendo. Nuestra casa huele distinto, la cocina tiene aromas más dulces, el horno siempre está tibio.

En el salón hay otros adornos, objetos que no encuentro en la casa de mis vecinos. Hay ceniceros de bronce con piedras turquesas; vidrios de colores. Un par de candelabros sobre la repisa de la chimenea. Un mapa con ciudades que no conozco. Una placa en el umbral izquierdo de la puerta. Mi apellido es difícil de pronunciar, debo deletrearlo. La gente me aborda con preguntas. Pero en la enormidad de la sala de clase o durante mis lecturas no estoy, elijo otros destinos. Quiero existir debajo de una mesa, adentro de un armario, entrelíneas.

Es diciembre. Los chicos del barrio salen a la calle con sus nuevas cosas: bicicletas de aluminio, ropa de moda, juguetes con motor. Siento un repentino calor en la boca del estómago. Los rayos metálicos giran dentro de las ruedas de aro veinticuatro. Ellos preguntan por mis regalos, no sé qué decir. No tengo nada nuevo que mostrar. Me rodean y preguntan por qué mis padres hablan de esa forma tan extraña, de dónde es tal acento, si conozco el país del que provienen. Mientras me interrogan todo da vueltas; como cuando miro las llantas de las bicicletas girando sobre el eje que se acciona sobre el piñón. Escucho risas y más risas. Sus cuerpos montan sobre el sillín; pedalean rápido y se alejan. Presionan sus campanillas. *Ring ring*. Sus risas quedan flotando en el aire cuando doblan la esquina. Estoy parada en medio de la calle, mi sombra se dibuja sobre la vereda y una parte de pared. Me veo avanzando incesantemente sobre una huincha transportadora. Camino en banda y mis pies se cansan en esta carrera solitaria.

6. Papeles cruzados

Mi hermana Adela transita por la casa pálida y esbelta. Es como nuestra pequeña madre. Nos tranquiliza cuando nos desvela el taconeo de mamá que se aleja hacia la calle. No sabemos a dónde va, pero sus pasos golpean intermitentes el asfalto. Miro entre las persianas y distingo los tacos aguja, el brillo de las medias que cubren el empeine, el tobillo a medio cubrir por el impermeable. Camina decidida hasta que un motor se pone en marcha. Adela nos cubre los oídos con la frazada para que no escuchemos las discusiones nocturnas, o reparte equitativamente la escasa comida que hay en el refrigerador: tres manzanas arrugadas, un huevo, medio litro de leche.

Estamos con mis hermanos y acordamos representarnos unos a otros. Un juego de reemplazos, encarnar al otro que nos ve, cumpliendo una sentencia. Es la diversión del espejo trizado en esquirlas de crueldad. Comienza Davor. Del baúl de trastos viejos saca una peluca rubia a la que hace dos trenzas disparejas, en el mismo instante que yo toco mi pelo urdido. Se disfraza con un vestido a cuadros y un chaleco al revés. Se ríe con los dientes delanteros hacia afuera. Yo cierro inmediatamente mi boca entreabierta a punto de esbozar una sonrisa. Imita mi caminar tambaleante, un rostro de pena. Estira sus ojos para que parezcan rasgados. Se mete el dedo en la nariz y luego se hace rulos en el pelo. Recrea mis pataletas y llantos. Me sorbo el pelo, hasta que los mechones quedan tiesos. Adela ríe cada vez que identifica un nuevo gesto y estalla en carcajadas. Yo no puedo reír, detengo las lágrimas que se asoman.

Como si no pasara nada, subo a la mesa para improvisar una escena con Davor. Adela bosteza un par de veces y se va. Le digo que hagamos de *papá y mamá*. Me pongo un delantal y transformo los adornos de la sala de estar en mis utensilios de cocina. *Soy tu señora, la mamá, y te voy a preparar una rica comida.* Él sólo alcanza a decir unas pocas palabras y se sale del libreto. Comienza a emerger un llanto que vibra en su garganta, se golpea la cabeza contra las murallas. Pregunta por su papá, por su papito. Corren la cortina trasera, se cierra el ojo de la proyectora de luces. Ese día lo entendí: mi padre no era el mismo que el de mis hermanos. El suyo había fallecido hace muchos años cuando Davor apenas empezaba a caminar y Adela aprendía a leer. Ahora me fijaba en ese otro apellido que Adela y Davor escribían sobre sus útiles escolares, sobre las etiquetas de su ropa. Distinguí el matiz más oscuro de su piel, las otras facciones, los ademanes más suaves. Pero también me pude fijar en los ojos almendrados, las manos grandes, la frente lisa. Entiendo el silencio que se generaba cuando estaba mi padre, por qué no los iba a dejar al colegio como a mí. Frente a Adela y Davor comencé a evitar nombrar a papá, me sentía culpable.

Por las noches me escapo a la cama de Adela y vemos películas de terror escondidas bajo las sábanas. Psicópatas corren con hachas, nos persiguen traspasando la pantalla.

–¡Cierra los ojos, no me aprietes tan fuerte! –me dice ella.

–Uuuy, mira cómo cuelga la cabeza degollada de la mujer de la limpieza –me cubro los ojos.

–La niñera era la asesina, abusaba del bebé mientras lo paseaba en el coche por el parque. Tápate los ojos.

–¿Los puedo abrir? –preguntó

–No, todavía no. Espera... Ahora sí, ya pasó todo.

Como todas las noches, Adela me cepilla el pelo con un peine de cerdas que produce un leve murmullo sobre mi pelo. Toma hebras que desenreda pacientemente. A veces me saca gritos, pero logra adormecerme con el rumor del peine. Es un ronroneo que atenúa mi angustia, todo lo que siento. Es una caricia que sigue la curva de mi nuca. Un escalofrío que me deja suspendida desde la raíz a las puntas. El espiral de remolinos gira detrás de mi nuca. Mientras me cepilla me cuenta que le gustaría vivir lejos, tener tres hijos, estudiar idiomas.

Davor, inspirado en las mismas historias de terror, nos asusta vistiendo máscaras monstruosas, persiguiéndonos con cuchillos. Hace ruidos extraños, gime como un loco detrás de las puertas. La casa parece poseída por fantasmas que afilan sus perfiles en los umbrales. Las pesadillas se encaraman por la marquesina, por el velador, trepan por las sábanas, se proyectan en las paredes. Veo un animal gigante, la sombra de un hombre deforme en el marco de la puerta.

Grito sin poder emitir sonido; de un salto me incorporo en la cama y quedo sentada, respirando en forma agitada.

–Adela, no puedor dormir. Tengo pesadillas, hazme un espacio.

Ella abre las sábanas y se corre hacia adentro.

7. Papá y mi sangre

Sangro cuando no debo. Día por medio. Todos los lunes. Lleno mis cajones con compresas de algodón y gasas que después presiono entre mis muslos. Papá se pone extraño cuando sangro. Esos días no me dirige la palabra. Nuestras miradas se encuentran en la mesa. Son tan parecidos nuestros ojos. Creo que, cuando sangro, papá piensa que he herido a alguien. No recuerdo haber dañado a nadie. Tal vez lo hice, pero no lo recuerdo.

Papá dice *no quiero sangre en esta casa*. Es la única vez que golpea la mesa. Yo me escondo en el dormitorio y pongo mis calzones manchados contra la ampolleta que cuelga del techo. Observo el mundo a través de ese prisma. Las cortinas se ven salpicadas, la ventana es un hematoma, la puerta está cruzada por franjas veteadas. Este lugar se alumbra bajo una luz escarlata. Si cierro un ojo, el tono varía del púrpura al carmesí; si abro el otro, del rojo intenso se pasa al rosa. Si giro rápido, el matiz ígneo enciende la alfombra, el género del cubrecama, la tela de las cortinas. Pero de pronto alguien toca la puerta y el fuego se extingue.

Siento pánico de este flujo que amenaza con destruirme. Estoy al acecho de cualquier señal. Constato con mi dedo índice que una lava tibia corre por el interior de mis muslos. Sangro constantemente. En la ducha escribo mi nombre con ese líquido sobre los azulejos. Cuando crecí, dibujé un corazón con el nombre de papá y el mío. Después lo atravesé con una flecha. Ahora papá solloza cinco días al mes. Mis rodillas se entumen, son dos rocas de hielo. Papá llora nueve meses al año. Algo me punza el vientre. Él lee el diario mientras soy su hija. Estoy ojerosa, tan pálida, no sé el nombre de la enfermedad que me aqueja. Papá siente náuseas, mareos circulares. Me pesa el cuerpo, me duelen los huesos. A papá se le abulta el abdomen, crece hacia adelante. No sé por qué tengo tanta pena. Se le hinchan los pequeños pezones, los tiernos botones. Intento recordar un crimen: un asesino, un mártir, el lugar de los hechos. Él aumenta y aumenta de peso. Acaricio a mi víctima. Tiene algo vivo adentro. La culpa me fluye entre las piernas.

Cuando la sangre demora en llegar temo parir a ese monstruo que me muerde y que está aferrado a mis entrañas. No dejo de sangrar, no puedo dormir, temo amanecer diluida en una mancha. Sigo embadurnando las paredes con mis diez dedos rojos. El plazo se impone, un trámite que mi cuerpo no olvida cumplir periódicamente. Salgo a la calle a recomponer mis fragmentos diseminados. Escondo las vendas que curan esta herida periódica. Pierdo peso, quedo disminuida. El contrabando de las cataplasmas arrojadas en el basurero en el fondo del patio. Intento retener eso que corre desde mí para seguir existiendo. Y para que papá me vuelva a querer, para que no esté más molesto conmigo. Para que deje de mirarme con sospecha y vuelva a encontrar sus ojos con los míos.

Él me evade durante esos días. Pero su silencio elocuente transmite su sentencia. *No quiero sangre en esta casa.* Mi cuerpo no responde. Cumple el dictamen de su erosión. Es por esto que no quería crecer más, sólo necesitaba mis nueve años. Me siento mal, temiendo la hemorragia al acecho. Y llega la fecha, ese manantial brota de mi cuerpo sin razón, endosándome una angustia de otro tiempo. Y su puño se estrella y rebota contra la cubierta de la mesa de comedor.

—No quiero sangre en esta casa —dice.

Bajo la cabeza, recojo las manos sobre mi falda y miro el piso. Cierro las piernas, hundo el vientre, respiro hondo. Los cuerpos cubiertos por periódicos. Doblo las rodillas, separo los labios, estiro el cuello. Alguien parte en un tren sin regreso. Encojo los hombros, flecto el codo, estiro las manos. Se escribe una lista de nombres mientras se araña el suelo con una pala. Yo sé que cuando sangro papá piensa, sospecha, está seguro de que tengo algo que ver con el oficial del brazo alzado.

8. Mamá se pone de pie cuando escucha una mala noticia

Desde que nací, mamá se está muriendo. Cuando quiere hablarme se le duermen los labios. Pero cada vez que levanta la voz deja una herida. Camina por la casa apoyada en la pared, calmando un constante ataque de tos. A mamá las palabras le son insuficientes, por eso acude a ademanes grotescos: los ojos bien abiertos, sin pestañear; las manos engrifadas. Los verbos traspasados por su cuerpo conforman una caligrafía que sólo ella entiende.

Mamá es atacada por enfermedades inéditas. Ella es la autora de sus nódulos inflamados; escribe sus desdichas sobre su cuerpo. Mamá barre, deja la basura en las esquinas. Apoya la cara en la escoba y piensa. No sabe del niño que papá lleva dentro. Tampoco reconoce las economías hogareñas que todos realizamos: las manzanas que dividimos, el champú que usamos de a gotas, los litros de agua que tomamos para saciar el hambre, las muchas horas que dormimos para no gastar en nada. Ella compra pares de zapatos, vestidos largos, bota la comida que sobra. Toma alcohol detrás de las puertas. Yo escapo de sus besos avinagrados. Se maquilla los ojos en un vértice del espejo. Se los retoca con un grueso lápiz marrón. Se pintarrajea la boca con el labial rojo que heredó de su madre. Voltea las fotografías que adornan su habitación. Sólo se atreve a dejar una imagen descubierta de alguien que partió hace tanto tiempo que ya ni recuerda. El perfil de mis hermanos flota nebuloso en ese rostro.

Mamá se enferma cada vez que está triste. Se queda acostada todo el día, se le escama la piel en esa posición. Me dice *tengo sed*, la escucho desde el umbral de su cuarto. Su brazo estirado sujeta un vaso viscoso que lleva días en su velador. Carraspean sus lamentos y se tapa la boca con un arrugado pañuelo. Lee manuales de tejido y ensaya nuevos puntos con las hebras de lana. Yo le llevo vino mezclado con agua. Y miro las prendas deformes que hace: un suéter sin cuello, una bufanda demasiado corta, un guante con cuatro dedos. Vuelve a sonreír tenuemente y ejecuta un derecho y un revés. Pero mamá es una persona fuerte, se pone de pie cada vez que recibe una mala noticia.

Un día regresábamos del colegio como todas las tardes cuando vimos colgando del frontis de la casa el aviso REMATE en grandes letras rojas. Mamá estaba esperándonos en la puerta. Adela se puso pálida y casi se desmayó. Davor se sonrojó de rabia y golpeó con su puño la pared. A mí me dieron ganas de escapar; miré la calle sin que mis pies reaccionaran. Corrimos a resguardar nuestros bienes de plástico de ese remate que no distinguía cucharas de palo, cortinas de tul, pelotas de goma, alfombras persa, baldes de playa, cacerolas, muebles de caoba, juegos de loza, piezas de lego.

Personas extrañas investigaban la casa, los muebles, los adornos. Transitaban regateando precios, haciendo preguntas. Se movían con una soltura irritante por nuestras habitaciones. Examinaban los armarios, las grietas de la pared, y susurraban entre sí. Primero enrollaron la alfombra de la sala de estar, nuestro lugar de combate. Después, una señora gorda que apenas entró por la puerta desocupó sin cuidado el escritorio de Adela. Tiraba para afuera cuadernos forrados, lápices sueltos, fotos recortadas. Mi hermana recogió todo sin mirarla y lo guardó en su bolso de gimnasia. Un chico de la misma edad de Davor se llevó su baúl de madera lleno de calcomanías. Cada adhesivo era de un país distinto, sumaban ciento siete figuritas. Ahora me tocaba a mí. Un hombre joven revisó con detenimiento mis pertenencias. Optó por mi muñeca Patricia. Mientras movía sus brazos de trapo decía que estaba seguro de que le iba a encantar a su hija de nueve años.

Permanecimos toda esa jornada en un rincón de la sala de estar, frente al televisor. Fingiendo no preocuparnos de esta incómoda enajenación. Mirábamos un programa sobre el cuerpo humano. Habíamos visto cómo funcionaba el sistema nervioso, el aparato respiratorio, las señales que partían del cerebro. Ahora iban a hablar del corazón. Un hombre preguntó por el televisor, mamá se inquietó y dijo *sí, claro; la garantía está vigente, fíjese qué grande es la pantalla, si parece de cine.* Hablaba de las cualidades del electrodoméstico señalándolo con las manos abiertas, como quien presenta a un artista. Los latidos cardíacos se interrumpieron cuando mamá giró el botón. Desenchufó el televisor y sacudió el polvo mientras el hombre firmaba un cheque. Tomó el objeto en sus brazos y salió sin despedirse. Los tres nos quedamos en la misma posición, mirando fijo la pared, adivinando el final del programa. Preguntándonos cómo funcionaba el órgano que faltaba: el corazón. De fondo se escuchaba el silbido de las cañerías.

9. Ecuaciones que dan otros resultados

Ha llegado la hora de la prueba de matemáticas. El formulario reposa sobre mi banco. Estoy paralizada, miro los números y los signos que han perdido significado para mí. Las fórmulas se confunden. Me causan vértigo. Durante el examen, todos sacan sus lápices y comienzan a escribir. Una incipiente taquicardia hace vibrar los números y los signos fijos en la hoja a mimeógrafo.

Para distraerme, escribo *prueba de matemáticas*; borro, y entonces anoto *Ejercicios*, que después también tacho. Delineo mi nombre, la fecha de hoy, miro alrededor. Mis compañeros continúan deslizando sus bolígrafos sobre el papel. Una fatiga espesa me recorre el cuerpo. Me sudan las manos, se corre la tinta azul. Veo manchas negras sobre el formulario, entre las operaciones, en el pizarrón despejado. Suspiro, me laten las sienes, me duele la cabeza. Intento mirar los otros exámenes y encontrar una pista que me guíe. Se me ocurre algo, esbozo números y signos. Me arrepiento y comienzo a borrarlos, la goma se deshace en mínimas partículas que están sobre la hoja. Ensayo más rayas y nuevas cifras. Miro alrededor: sólo distingo manchas, iconos mudos para mí. Vuelvo a mi prueba. Las cifras siguen silenciosas y estáticas. Intento calmarme, pero el delantal blanco del profesor me aterra.

Entre el conjunto de números flota esa cifra que titila como un espejismo para mí. El dos junto al cuatro, el cinco y el siete. Ese es el número que me duele, es la cantidad de días que duró la guerra, todas las lágrimas que papá ha llorado. Dos mil cuatrocientos cincuenta y siete son los días que a papá le deben. No quiero que desde el fondo de la hoja aparezca esa cifra que rima con mi historia. O bien, si hay un tres, seguido por un cuatro, un nueve, tres sietes y un cero es el número telefónico de la casa de las palmeras. El número que marcó el pintor. El hombre que se robó de a poco a mamá; media hora, dos horas, tres horas y cuarto, una noche entera. Y si el número tres se congela, es la tríada de alimentos que hay en el refrigerador. Y si al tres le sumo un once, son las catorce latas de la infancia de papá. Si sumo veintinueve más setenta y cinco dan las ciento cuatro figuritas del baúl de Davor que se remató. Tres por tres son los eternos nueve años de papá. Miro el reloj. Está por terminar la hora. Cuento los nueve botones del delantal del profesor.

Tocan el timbre del recreo, los otros niños se paran a entregar sus hojas y yo sigo sentada en el pupitre con la prueba en blanco. La próxima vez estudiaré más, digo. O bien, hablaré con el profesor. *No es que yo no sepa, sino que los ejercicios mezclados con mis recuerdos dan otros resultados.* Me levanto y camino por el pasillo, cruje la madera, rechinan las suelas de mis zapatos. No hay más alumnos en la sala. Arreglo la silla y camino. El profesor extiende su mano para recibir la papeleta vacía, el reflejo de mi mente. Mi prueba corona la columna de hojas que se agolpan sobre su escritorio. Murmullo un tenue *adiós* y salgo.

Estoy dibujando una figura azarosa sobre el maicillo con la punta de los pies y pasa la imponente figura del delantal blanco; entonces una puntada de fuego asciende por mi abdomen. Camina con grandes zancadas por el corredor, se detiene, arregla sus gafas y sigue. *Me entiende, no es saber o no saber, estudiar o no estudiar, mis ecuaciones, operaciones, álgebras que dan otro resultado.* Lleva su mano derecha encogida en el bolsillo; con la otra, sujeta el maletín cargado de exámenes.

10. La casa de la avenida de las palmeras

El camión de mudanza está nuevamente estacionado en nuestra casa. Pone el motor en marcha. Nos movemos por la ciudad durante varios meses con mi familia cargando un equipaje ligero. Cada vez poseemos menos pertenencias. Ya vendimos los muebles, las alfombras, los electrodomésticos. Recuerdo la última imagen que encuadraba el televisor. La sangre circulando por las venas y la mitad de la aorta. Tacatacatá. El pulso inconcluso del corazón. Nuestro pequeño infarto. El camión toca la bocina. Guardo una foto de esa época más estable. Papá y mamá están de pie y abrazados con el jardín de fondo, nosotros amontonados a sus pies vestidos con nuestros mejores trajes. Mi libreta de hojas gruesas sigue ocupando un lugar en mi maleta. Arrastramos los pies en migraciones redondas, que después toman forma de espiral. De pronto nos dispersamos, mis hermanos viven en la casa de una tía y los veo poco. Mamá y yo estamos en la pieza de alojados de una amiga de la familia. No sé dónde duerme papá, pero nos visita todas las mañanas. Un par de meses más tarde nos volvemos a reunir en una vieja casona.

Esa casa huele distinto a las otras casas donde hemos vivido. La fachada se ve algo sucia, pero me gustan los barrotes de fierro torcidos como enredaderas que protegen las ventanas. Hay manchas en las paredes interiores, el piso es de una baldosa helada, los pasillos oscuros se alargan. Corremos con mis hermanos por este laberinto de alcobas y galerías mientras nuestros pasos hacen eco en la alta bóveda de la construcción. Subimos y bajamos por la amplia escalera para escoger nuestras habitaciones. Esta casa queda en un barrio más ruidoso y antiguo, pero nuestra calle es una amplia avenida llena de palmeras. Los autobuses pasan cerca tocando sus bocinas, las veredas están llenas de hoyos y de raíces levantadas. En nuestra entrada hay un gran tarro de basura que hacemos rodar por la vereda.

Por instrucción de mamá, salimos a la calle a buscar muebles y adornos. Registramos los contenedores repletos de barras de fierro, pedazos de madera, mantas pelusientas. Encontramos una silla en perfecto estado, un cuadro de paisaje, una mesa con tres patas, una almohada manchada. Llegamos con nuestros trofeos y mamá se pone contenta. Nos espera con una deliciosa merienda: leche chocolatada y panes dulces. En otro día de pesquisa damos con una olla, una alfombra, una banqueta para la cocina. Encuentro un florero de cristal saltado en un borde. Papá restaura con paciencia cada uno de los objetos.

Una mañana ella está cantando en la cocina, pregunto por papá y me dice que ha ido a su nuevo trabajo. Miro la mesa y veo un ramo de flores en el recipiente pulido. Pienso que por un tiempo su cicatriz está oculta. Busco en la superficie de loza la grieta encubierta, es más visible por dentro; como las heridas que yo llevo. Como las suturas de mis mapas, como las marcas de la historia. Mamá anuncia que la próxima semana vendrá un maestro a pintar y arreglar la casa.

11. Mamá y sus gritos

Cuando mamá entra a casa irrumpe con su gran altura, con ese halo frío y eléctrico. Mis hermanos y yo quedamos paralizados cuando escuchamos la intensa presión que ejerce sobre el timbre. A medida que avanza, se ensombrece la puerta principal, luego el recibo, la sala de estar. Nosotros retrocedemos, caminamos hacia atrás, con los ojos entornados hacia arriba. Un pasito y otro, de espaldas, acercando nuestras manos hasta formar un triángulo de aristas temblorosas. Ella levanta sus hombros, los codos, y sus manos son como un par de tenazas que nos encierran. Continuamos unidos cuando emite un cantar dulce. Entonces, nos abraza diciendo que somos su trío de sombras melancólicas. Que nos extraña tanto. De pronto, nos abandona y sigue hasta su habitación.

Mamá y yo nos paramos frente a un espejo. Me mira con extrañeza. Es tan grande la distancia que se despliega entre ambas. Recorremos nuestros rostros sin hallar un rasgo semejante. Pero cuando sonreímos registramos el mismo gesto. Sus variadas expresiones convergen en mi pupila impávida. Con su mirada, mamá atraviesa el cristal. Mamá es bella. Su rostro terso, sus facciones tan bien dibujadas.

Desde sus enormes ojos nacen unas pestañas largas y onduladas. Tiene un lunar en la mejilla izquierda. Sus pómulos altos le dan un aire señorial. Su boca es un par de labios gruesos y bien delineados. Me detengo en mi imagen pálida, casi transparente. Mi piel es tan blanca que me puedo mirar por dentro. Ilumino mi revés con una linterna. Un rayo de luz distingue las cicatrices que el tiempo ha borrado por fuera y las costuras que han quedado por dentro. Mamá me obliga a modificar mi biografía, a retocarla. Durante su estado de constante convalecencia yo he ido inventando mi propia enfermedad sin categoría. Todos los meses, extrañas úlceras me horadan el interior de la boca. Las encías se agrietan, la lengua se deforma. Los médicos no encuentran el antídoto ni la causa de este mal. Los exámenes apuntan a mi sangre misteriosa. Por varios días mantengo silencio, me pierdo en mis laberintos, me sangran las encías.

Nos cruzamos en el salón. Mamá enciende el tocadiscos y me saca a bailar. Me estrecha fuerte, yo le llego a la altura de los pechos. No puedo dejar de oler un aroma a leche. La música es una melodía que he escuchado siempre, ella canta la letra en otro idioma. Mamá insiste en que trencemos los cuerpos. Recorremos el recinto en rápidos pasos dobles y entonando la música. De cerca mamá respira como un perro. Mamá y yo giramos sobre el piso encerado. Mamá me dice secretos al oído. *Sabes que hace tiempo que tu papá no me toca. Que tu papá sale con otras mujeres, que tiene muchas amigas.* Quiero que ese arrebato termine luego. Pero, cuando la música se va silenciando, me toma en brazos. Camina firme, conmigo encima, dando varios pasos rumbo al dormitorio, hasta que entra mi padre con un regalo en sus manos. Entonces ella lanza un aullido. Caigo al suelo, miro hacia arriba y tapo mis oídos para no escuchar mi propio grito.

Mamá grita mucho y, cuando grita, no es mamá. Al lanzar sus gemidos parece un recién nacido, un anciano, un enfermo mental. Queda reducida al óvalo de su boca, a ese punto cero. Su belleza, sus exóticos rasgos, se resumen en líneas y puntos. Me cuesta reconocerla, su imagen es poseída por otra identidad. Su grito desfigura la escenografía de la casa. Grita y vuelve al origen, a ser una NN. Su alarido penetra nuestros pequeños cuerpos. Su expresión afásica se extiende ondulante por las cortinas, por las alfombras, por las paredes empapeladas.

12. Fechas tuertas

Es el aniversario de matrimonio de mis padres. Mamá rehúsa abrir el regalo que papá le trajo. Me encierro en mi cuarto y pongo fuerte la música para no escuchar los gritos que se expanden por la casa. Los gritos que guardan las paredes, las vigas, las ventanas. Todos deseamos que esta jornada transcurra rápido. Ese día no podemos enfrentarnos en la mesa. Cada uno cena en su dormitorio o se ausenta en forma misteriosa. Sé que esta noche también escucharé carreras nocturnas, portazos, ruido de cajones. A la mañana siguiente no habrá papeles de regalo abiertos, sólo cerámicas rotas y una mancha de vino sobre la alfombra. En esta fecha, el grito de mamá abriendo y cerrando el día.

Siento cómo se van sumando días tuertos de esta existencia, incidentes que todos lamentamos haber vivido. Nos sentimos condenados a esa contradicción entre desear separarnos y no poder hacerlo. Cuando mamá se enoja conmigo dice que me parezco tanto a papá, que somos iguales, que casarse con él ha sido su mayor desgracia. No sé que decir. Ella contra papá y yo; formamos dos bandos. Noto que lo mira con recelo, con rabia en los ojos, con las aletas de la nariz que le tiemblan. Insiste en que nos parecemos en lo poca cosa, en lo inútiles, en lo desastrosos. Me toma el pelo tironeando mi desorden. Zamarrea el traje de marinero que llevo puesto hasta deformar las mangas. Me dice una y otra vez que no tengo arreglo. No aguanto más, estallo en lágrimas. Sonidos roncos escapan de mi garganta.

Tocan el timbre. Son las amigas de mamá invitadas a tomar té. Para que nadie note mi escándalo, ella me introduce bolas de algodón húmedas en la boca. Se silencian mis convulsiones. La casa luce tan distinta. Sobre la mesa hay bocadillos y té de hojas. Las mujeres entran a casa hablando fuerte, saludándose con fingida euforia. Mamá en perfecto aspecto les muestra la cocina, la terraza, su dormitorio. Escucho voces que elogian esta evidente decadencia. Después, se sientan a tomar té frente a las tazas de porcelana de un antiguo e incompleto juego familiar. Apoyo la cabeza en la pared, paso la tarde escuchando las risas de esas mujeres que intercambian recetas de cocina y hablan de hombres. Están describiendo a alguien que conozco. *Sí, pinta muy bien. Es moreno, de espaldas anchas. No, cobra barato. Silba una canción mientras pasa la brocha. Tiene los ojos muy negros. Es educado, pide permiso cada vez que cruza una habitación. Fuma al final de la tarde. Parece que bebe. Duerme, con el torso desnudo, una siesta en el patio.*

Esa noche mis padres charlan durante mucho rato. No hay gritos como otras veces, sólo conversan. Escucho un incesante murmullo a través de las paredes hasta casi el amanecer. Intento identificar algún término, una pequeña pista de este diálogo. Nada, sólo el susurro monocorde. A veces, es la voz aguda de mamá que expone largos argumentos. Otras, es la pronunciación golpeada de papá que acota líneas breves pero tajantes. El resto del tiempo hay lagunas de silencio, respiraciones cansadas, ruido de cajones. No logro saber de qué hablan, pero sé que algo importante va a ocurrir. Se instala una fecha tuerta que altera el resto del calendario.

13. Mamá sonríe de otra manera

Están terminando de pintar las paredes del primer piso de la casa. Las colorearon de ocre con guardapolvos blancos. La próxima semana van a barnizar las puertas de los dormitorios. La casa huele distinto, es el olor a diluyente que perdura pese a las ventanas abiertas. Los periódicos que cubren el piso tienen las letras corridas, las puntas dobladas. Sorprendo a mamá mirando fijo al maestro cuando estuca las escaleras de espaldas a ella.

Mamá, cuidado con el maestro, no me gusta, huele raro. No vaya a ser que le lije los ojitos o que le haga alguna maldad con el taladro. No me gusta que me abrace por la espalda y me susurre *Hola niñita mía,* y entre a la casa sin pedir permiso. No como antes, cuando pintaba las paredes de la cocina y se disculpaba cada vez que atravesaba una habitación. El maestro tiene los ojos oscuros, yo le digo que somos de distinta raza. Lo molesto mostrándole las pupilas azules del gato siamés. Sus ojos primitivos se posan en el escote, en las caderas sinuosas de mamá. Lorenzo sabe mirar, sabe pintar pero no sabe escribir una sola palabra. Apenas habla enfundado en su overol de mezclilla lleno de pequeñas manchas. Duerme siesta dentro de la carreta, con una gorra de género tapándole la cara. Escucha una chillona radio a pilas que demora en sintonizar. Bebe agua de una taza de loza saltada en el borde. Fuma un cigarrillo en el patio al final de la tarde. Después se cambia el sucio uniforme por las camisas lindas que mamá le regala. Pasa a retirar el dinero con el pelo mojado y peinado para atrás. *Señora, mijita, mi vida; son siete lucas. Présteme papel de diario para envolver el serrucho, no vaya a ser que pase a llevar a alguien en el autobús.* Mamá lo acompaña a la puerta, intercambian algunas palabras; lo veo caminar lentamente hacia el paradero.

Ella se acuesta sin calzones, se queda dormida antes de que llegue papá. Ya no conversan. Mamá cierra con llave la puerta del dormitorio. Veo a papá de rodillas forzando la cerradura, pasando la noche en el sofá. Una herida en el borde del pecho, tacatacatá, cómo me late el corazón, sin parar, galopa que te galopa, se me sale del cuerpo, viene por la boca. Me están quitando a mi mamá, de a poquito; robándomela media hora, dos horas, tres horas y cuarto, una noche entera. El brazo velludo del maestro que sube y baja por la muralla. De pronto la brocha descansa solitaria mucho rato sobre el borde del galón de pintura. A través del orificio de la cerradura los veo balanceándose sobre la cama y, aunque me tape los oídos, escucho el quejido simétrico de los resortes.

Cuando los arreglos de la casa terminaron, mamá se fue. El lado de su armario quedó vacío. Todo olía a látex y diluyente. Papá hecho un zombie, rondando por la casa en bata y con barba de días. Papá sumergido en el periódico, ocultando su corazón de puño bajo las sábanas de papel.

El órgano paralizado en su propio golpe. Ahora mamá es una *mamá visita*. Viene muy de vez en cuando, me deja recados. La espero peinadita, con el pelo trenzado como a ella le gusta. Lustro los zapatos. Media hora la espero, me asomo por la puerta. Cae la tarde, no llega. Mi cabello desordenado, el brillo del calzado se apaga. Al día siguiente me llama, *que no pude, estoy tan ocupada, que la próxima semana*. Corto. Miro por la ventana.

Mamá comienza a lavarse el pelo con detergente, a tener las manos ásperas, los ojos caídos. Dejó de maquillarse el vértice de los ojos. Ya no grita, hace tiempo que no se enferma. Su rostro cambia de expresión, se ve tan cansada. Le regalo una blusa que compro con mi mesada. Llora cuando la recibe. Siempre lleva la misma prenda puesta. Camina cojeando con unos zapatos de suelas gastadas. Su figura majestuosa se vuelve frágil, se consume, se apaga. Ahora, mamá me sonríe con una boca de dientes saltados y muelas de oro. Está lejos, en otro mundo. Una nueva arruga se suma a su entrecejo. Y mira distinto, de otra forma; casi no me mira.

14. Mi vida en una bolsa de supermercado

Meses más tarde mamá toca el timbre, habla mucho rato con papá en la reja. Conversan en calma, sin gritos, con distancia. Los observo a través del tul de la ventana. Él entra y yo me alejo de las cortinas que quedan flameando. Dice que mamá me necesita, que debo ir un tiempo a vivir con ella. Toma algo de ropa y mis cuadernos, los pone en una bolsa de supermercado. Salgo adormecida, no puedo mirar a papá. Ellos se despiden formalmente. Camino varias cuadras de la mano de ella, con el bulto chocándome las piernas.

En esta casa me encuentro con mis hermanos. Ellos comparten un camarote en una estrecha pieza. Como no hay más espacio debo dormir con mamá. Me cambian de escuela, ahora voy en la jornada de la tarde. Llego a casa a oscuras después de vagar por plazas con columpios oxidados. Debo hacer las tareas en la cocina cuando mamá recibe a su amigo en nuestro dormitorio. Al escuchar el crujido de la puerta subo y espero a que ese hombre termine de vestirse en el pasillo mientras la maldice. *Vieja perra*, dice entredientes el joven delgado que hace un tiempo la visita. Baja la escalera a tropiezos y da un portazo a la salida. Encuentro mi cama revuelta, la habitación impregnada de un fuerte olor. Mamá está en el baño quitándose el maquillaje. Me introduzco en las sábanas asqueada por ese aroma y esa temperatura ajena.

Palpo la distancia que se ha generado con mis hermanos. Nuestros horarios inversos dificultan todo encuentro cotidiano. Es extraño estar de nuevo bajo el mismo techo. Me siento ajena a este lugar. Los espacios están delimitados, el mío es nebuloso. Sé que deberíamos hablar de esa representación fallida. El juego de reemplazos y sustituciones, encarnar al otro que nos ve, cumpliendo una sentencia más cruel de la que imaginábamos. Pero ninguno se atreve. El hilo de suspenso sigue tensándose. Me gustaría también preguntarle a Davor y Adela por ese hombre que sube al segundo piso casi todas las noches. Pero ni lo menciono. Cuando suena el timbre alrededor de las ocho de la noche, ellos salen y yo me quedo a solas. Me acomodo sobre el mesón de la cocina con mis cuadernos abiertos, esperando el dilatado paso de las horas.

Ahora papá se ha convertido en un paseo de domingo. Me espera más demacrado en su viejo traje, más allá del límite del jardín. Ese día lo pasamos dando vueltas por la ciudad, sin rumbo fijo. Almorzamos una comida aceitosa en el banco de un parque. Él se queda dormido sobre el pasto y yo juego con niños desconocidos, amigos improvisados para la ocasión. Me molestan los zapatos, se me hinchan los pies tras tantas caminatas. Apenas oscurece le pido que me deje en casa. Nos despedimos hasta la próxima semana; no tengo deseos de que estas salidas se vuelvan a repetir. Y no vuelve a ocurrir, porque papá es trasladado a otra ciudad. Cuando me da la noticia siento una mezcla de alivio y pena. Acordamos que yo vaya a su nuevo destino en mis vacaciones. Miro el calendario. Los meses aparecen como bloques de días que se reproducen sin cesar. Falta mucho para esa fecha anotada en el borde del anuario. La marco con un círculo para tenerla como horizonte.

15. Viaje con camisa de fuerza

Mamá nos mira desde tan arriba, nos sonríe desde tan lejos. Nos contempla sin habernos visto. La sorprendemos varias veces actuando bajo el impulso de sus manos temblorosas, empujando un frasco de pastillas a su garganta. Escondemos los medicamentos del botiquín. Pero siempre logra con sus gritos que alguno de los tres revele el escondite.

La imagen se funde en blanco el día en que hallamos a mamá tendida en la vereda entre zapatos y voces, con el pelo húmedo y los ojos abiertos. Los largos minutos de espera después de la llamada de urgencia. La sirena de la ambulancia, que suena distinta cuando se escucha en la puerta de nuestra casa, y la camilla se desliza sobre el pavimento. Los tres estamos tomados de las manos y parados en la reja, mirando cómo se aleja el vehículo con nuestra madre al interior.

Mamá en coma, conectada a unos tubos, en la habitación de una antigua clínica. Mamá durmiendo un largo sueño, atada de tobillos y muñecas. Viajando lejos, sin más equipaje que una camisa de fuerza. Ella resucita mientras nos morimos de hambre. Despierta de un sueño a retazos que se ensambla a tropiezos con la continuidad del ahora. Nos mira desde su alta cama rodeada de barrotes, con sábanas almidonadas y bordadas con las iniciales del establecimiento. Pausas rotas, rehechas y disfrazadas se componen en su nueva conciencia. Se amontonan los episodios debajo de sus párpados. Cuando despierta adquieren una tercera dimensión. Caminamos por los asépticos corredores del hospital hasta dar con la habitación 503, que es una cueva oscura a la que tememos entrar. La que yace en esa cama no es mamá. Es una mujer parecida, pero con la cara hinchada y deforme que se alimenta de una sonda inyectada a su vena. Cuando corren las cortinas veo que su cuerpo es un saco de huesos irregulares, cubierto de una piel azulosa y agrietada. Una pulsera de papel con su nombre le baila en la muñeca derecha. Tiene los pómulos más hundidos, los ojos cerrados. Un monitor grafica con líneas ascendentes y descendentes los latidos de su corazón, es lo único que nos prueba que está viva.

Después de varios días mamá balbucea algo, sólo yo estoy con ella. La observo desde el borde de la cama. Presto atención a ese intento, a esa frase en ciernes. Finalmente, le sale la voz.

–Agua... Adela...

–Mamá... soy yo, Tamara –le digo, mientras acerco el vaso a sus labios semiabiertos e inclino el líquido.

Se detiene en mí, no me reconoce, bebe toda el agua en un largo sorbo. Sus ojos se cierran, vuelve a quedarse dormida. Salgo desesperada a buscar a la enfermera. Por un momento creo que mamá ha muerto. El doctor explica que mamá se recupera, pero que no recuerda los últimos quince años. No alcanzo a entrar en sus recuerdos; quedo marginada de su memoria.

16. No entro en la memoria de mamá

Mamá prepara dos desayunos en la mañana. Les da besos en la frente a Adela y Davor cuando salen de casa. Hace dos camas, llena dos veces seguidas la tina. Abraza a un hijo en cada lado. Desde el balcón vigila con sus ojos a las figuras en movimiento. Una mano, la otra para cruzar la calle. Yo quedo suelta en esa hilera, aferrada a una mano de mi hermana. Un secretito por la derecha, otro por la izquierda. Ambas piernas para guiar dos caminos. Dos lágrimas corren por su cara cuando mira dormitar a sus hijos. Desconoce a la niña que yace a su lado, que la persigue por la casa apresando su vestido y repitiendo su nombre. No me puede incluir en su cariño doble.

No quiero que vuelva a preguntar: *¿Quién es ella acostada tan cerca, con su desnudez y su cabello desordenado?* Mamá no llega a mi centro, apenas recorre mis bordes, roza la superficie. Me extiendo como un atlas insondable para ella. Un par de platos calientes nos esperan a la vuelta del colegio. Mis hermanos no dicen nada, en silencio forman una tercera ración sobre el platillo de pan. Almuerzo en una esquina de la mesa. Y por un momento deseo enterrar esa punta del mueble en mi abdomen.

Otro día vamos con mis hermanos entrando a casa. Me detengo a amarrarme los zapatos y me quedo más atrás. Al llegar a la puerta que ellos acaban de cruzar, esta se cierra de golpe y me deja afuera. Alcanzo a divisar a mamá, su sonrisa de bienvenida, su brazo que gira la llave. Su mundo es un triángulo perfecto, no un cuadrado irregular. Yo soy la arista que no encaja en esa forma geométrica. Para mamá he pasado a ser una laguna en su cerebro, un agujero negro que absorbe mi recuerdo en ella.

Poco a poco me voy quedando sin pertenencias. Desaparece el cepillo de dientes, la almohada, mi espacio en el armario. Un día regala mi chaquetón, porque dice que a ninguno de sus hijos le queda bien. Mis hermanos no dicen nada; me prestan sus chalecos en los que nado. Tratan de ocultar los equívocos creando un tercer plato con sus trozos de pollo que ensambla en una presa inédita. O bien, lo hacen no botando el agua de la segunda tina para mi turno del baño. Me sumerjo en esa agua tibia y opaca, apoyo mi brazo en el borde áspero.

Decido alcanzar a papá en la nueva ciudad en la que ahora reside. Recojo mis materiales de la mesa. Empaco mis cosas en la misma bolsa de nailon con la que llegué a esta casa. Tomo fuerte las asas del paquete. Me voy sin que nadie lo note, vestida con uniforme de colegio. Me empino para mirar por el ojo cíclope de la puerta; la amplia y solitaria calle me espera. Emprendo mi primer viaje sin fecha de regreso.

ACTO II

1. En gira permanente

El teatro se fue vaciando. Mis hermanos de gira montaron su propio drama en otros escenarios. Yo me quedé esperando la próxima audiencia para representar una obra con nuevos personajes. Es un texto que aún se está escribiendo. Todavía no se presenta la trama ni los personajes, ni las acotaciones definitivas. Seguí ensayando a solas mi parlamento. Fui muda, ciega, tuerta hasta vislumbrar las zonas dañadas. Mis padres se apoyaron de espaldas, y se sumieron en un monólogo esperando el fin de siglo.

Es una ilusión el transcurso del tiempo, un horizonte que enmarca una cronología de marcas. Encarno el habla de mi padre, del padre de mi padre, de mi madre. Tres figuras humanas reunidas en un único cuerpo gigantesco, un dragón de tres cabezas. Nuestros ojos recorren la extensión de las espigas, empalmando un sueño con otro. Así se encadena la soledad. Me voy descubriendo en la mirada de otros, configurando el afuera con el filtro de mi historia. Secciono el pasado en golpes secos que se devuelven como *boomerangs* a mi presente. Dejo todos mis proyectos a medio camino, arranco sin mirar atrás.

Me detengo en el paisaje que veo en mi pupila, para indagar en mi propio personaje. Sombras, figuras de abandono, perfiles entreabiertos por luces, hombres sin piernas, mujeres con costras en los brazos. Las distintas imágenes comienzan a moverse hasta confundirse en una mancha que viaja sobre el cielo de mi mirada. Cierro los ojos. Mi cara flota en el espejo. Recorro los granos de la frente, distingo tenues venas azules bajo la piel. Los relieves de mis mejillas y sus contornos curvos. Las figuras de mi retina comienzan a incendiarse. Pongo mi mano sobre el cristal. Emito un agudo y entrecortado sonido.

En las mañanas reproduzco el guión de mis sueños en una libreta de hojas gruesas. Personajes nebulosos hablan y desaparecen, se entrecruzan sin conocerse en la vida real. Me susurran mensajes al oído, me persiguen, me dejan. Sonámbula, atravieso un territorio desértico con los brazos abiertos. Soy soñada por imágenes repetitivas en blanco y negro que se encadenan como eslabones de toda una historia. Se deslizan por regiones subterráneas hasta salir a flote cada noche. Un automóvil se estaciona frente a mi casa; no veo a nadie en su interior y subo. Me pesan los ojos, una capa traslúcida cubre mi mirada y borronea la realidad. Tres amantes yacen bajo las mismas sábanas. El auto termina retrocediendo en línea recta por mi calle. Una mesa puesta, las mujeres se sientan, esperan a hombres que nunca arriban. Hay citas apuntadas en mi agenda. Voy camino a un lugar, pero no llego a destino. Parejas que están en camas deshechas y no pueden tener sexo. Un campo desolado y agrietado donde hay personas electrocutadas, miembros heridos, lavatorios con sangre.

Entrecierro los ojos hasta acostumbrarme a la oscuridad, a la penumbra de este teatro. Retiro el cuero mudo del lobo aplastado que yace, desde el primer acto. También giro las cabezas de las estatuas de piedra. Declamo en el escenario, escucho silbidos, después me ovacionan. En medio de las butacas distingo algunos rostros que no veo hace tanto tiempo. Adela está sentada con las piernas cruzadas sobre el pasillo alfombrado. Davor apoya sus piernas sobre el respaldo de cuero del sofá. Cerca de la puerta de salida vislumbro el perfil del pintor. Mamá está de espaldas al escenario. Reparo en su melena, en sus estrechos hombros. Me pongo nerviosa, olvido el parlamento, el apuntador sopla mis líneas. Miro de nuevo, se han ido. No sé si mi personaje me gusta, pero no es el más sacudido de este drama. Debuto en el papel que me fue dado. Me dijeron: mirada melancólica y algo distante; actor secundario. Reviso el libreto de esta tragedia, de esta comedia. Ensayo los diálogos que me remueven. Con el resto de los personajes no entablo diálogo, pero nuestros cuerpos se rozan, se erizan. Mi brazo termina en la espalda de otro. Alguien me rodea por el cuello, besa la punta de mi pie, rebota con su dedo en mi abdomen. Todos miramos fijo y lejos, absortos en nuestro propio papel.

2. Sesión entre cuatro paredes

Hablo sobre mi madre. He multiplicado las dos paredes del útero por las cuatro de la consulta. Mi voz entrecortada emana desde el fondo del asiento. Mi prolongado silencio me permite escuchar el murmullo del minutero del reloj que sólo ve mi terapeuta. Las palabras me salen a borbotones, quedan suspendidas en el aire. Intento armar el rompecabezas de mi historia hundida en un sofá verde musgo. Una pieza y otra que voy revelando entre frases sueltas, silabeos inconclusos, afonías involuntarias. Ella aprende a leer mis gestos, mis miradas, la entonación de mi voz, mis quiebres. Escucho mi propia locución como algo lejano; mi relato se convierte en un rezo monocorde.

Dos veces por semana suspendo todo lo que me toca vivir. Mi infancia comienza a poblarme, a invadirme de ausencias, me deja poco espacio para vivir el presente. Constantemente brotan escenas omitidas: mi madre y el ademán de su mano apartándome. Cito las frases que mamá pronunciaba mientras se maquillaba frente al espejo o barría la cocina o cuando danzábamos en el salón. *¿Te dije que tu padre se fue con otra?, que hace tiempo que no me toca, que tiene muchas amigas.* Me tapo los oídos cuando voy sentada en el autobús y surgen los gritos de mamá como un eco en mi mente... *Ándate, déjame sola, eres un déspota.* Abro un libro para pensar en otra cosa y emerge la conversación telefónica que no debí escuchar. Esa voz grave diciéndole a mamá que se juntaran a las nueve donde siempre. Atravieso la hoja, he retrocedido al verano anterior cuando papá le pegó en las piernas con la antena del televisor. Vuelvo al presente y distingo el nombre de la calle que cruzamos. Me bajo en la próxima parada. Tomo fuerte el pasamanos. Tengo citas con personas registradas, llego atrasada a esos encuentros. Siempre mi sombra caminando hacia el edificio y guiada por la luz del mediodía. Me veo en calles concurridas, encerrada en sótanos, debajo del agua.

No soporto que la doctora insista todas las veces en la misma escena: yo apoyada en la ventana y contando autos mientras mamá está encerrada con el maestro en el comedor. Me duelen sus sentencias. Me estrella contra mis abandonos, contra mis miserias. Salgo errante, sin noción de coordenadas. Camino horas sin rumbo. Comienzo a no saber de qué forma dar inicio a las sesiones. La mente queda en blanco como en la prueba de matemáticas. Siento el vértigo de los remolinos producidos por las ruedas de las bicicletas de los chicos del barrio. Los rayos girando hasta convertirse en una superficie lisa y metálica. El cuerpo de mi vecina balanceándose al ritmo del pedaleo y su pelo al viento. Brillan los marcos de aluminio. Las risas doblan la esquina. Y esas risas se amplifican y se burlan de mí. Enfilo esta calle todos los martes y jueves. Una luz me encandila y transforma todo en albo. No quiero hablar de nada más.

No puedo. Cruzo el portón. Presiono el timbre de la consulta.

En una de las reuniones le cuento sobre la enfermedad de mamá y su olvido de mí. Hablo con calma, arrastro las palabras por el pasado hasta ir conformando la escena del hospital: su imposibilidad de nombrarme, el diagnóstico de los médicos. Le hablo sobre esa sombra que era yo para mi madre. Ese fantasma que no tenía puesto en la mesa, ni espacio en el armario. La silueta que se quedaba más allá de la puerta, fuera de casa. La pesadilla de dos en dos. El punto ciego de un triángulo –ella, Adela y Davor– que en realidad era un cuadrado amorfo. Noto que la doctora se pasa rápido la mano por el borde de los ojos. Sigo hablando como si nada pasara. Narro esto como si hubiese ocurrido ayer, pero han pasado muchos años y todavía no he vuelto a ver a mamá.

Pienso: tengo dos mamás. Una, contiene mi presente –otra forma de pasado– y esboza lo que viene. La otra, un agujero negro, sólo es olvido y vaga por rincones ajados. Quisiera nacer de nuevo y que esta vez la doctora fuera mi madre. Prometo ser un bebé tranquilo, no nadar contra la corriente, acomodar mi cuerpo a la curvatura del abdomen, no hacer nudos ciegos alrededor de mi cuello. Velaré por la serenidad de las aguas de ese océano para que no le causen náuseas. Impediré que el oleaje suba a su boca. Dormiré transversal cuando haya marea. Mi pequeño cuerpo será una nave varada en el fondo abisal. Si usted me alumbra, naceré con otra estrella. Si me ofrece su matriz, podré elegir a mi personaje. Déjeme nacer de nuevo y yo seré libre. No requeriré cuidados especiales porque ya he caminado por este lugar: conozco las reglas, sé cuando es noche, donde está el mal.

Entonces callo, miro el reloj, me levanto del sofá. Ha terminado la sesión.

3. Mar adentro

Tengo el grito de las gaviotas y el rumor de la playa grabado en mis oídos. Después de irme de la casa de mamá, estuve viviendo con papá en una ciudad con mar. Habitábamos en el pequeño apartamento interior de una residencia familiar. La dueña nos lavaba la ropa y nos prestaba el teléfono. Dormíamos con la luz prendida. Papá decía *No apagues la luz que entran los árboles negros.* Un pequeño anafre nos servía para calentar sopas en sobre. En invierno, el techo filtraba agua y teníamos el piso cubierto de cacerolas y plásticos. A mitad de mes nos cortaban la luz y hacía mis deberes bajo el resplandor de las velas. Sí, entraban los árboles negros por la ventana. Siempre llegaba correspondencia urgente de los bancos por pagos atrasados. Debía atender a los cobradores que se dejaban caer de sorpresa o que me interrogaban por teléfono. Inventaba viajes repentinos de mi padre, recados olvidados.

El agente bancario era distinto, creo haberlo esperado con ciertas ansias en las fechas de vencimiento. Era delgado, tenía ojos huidizos; usaba sombrero de fieltro. Cada vez que venía yo trataba de dilatar la conversación. Lo espiaba nerviosa por el ojo de buey. Y antes de abrir la puerta me ordenaba el pelo. Me cautivaba el modo en que abría el maletín para sacar los documentos –generalmente órdenes de visita– que me pedía firmar. Yo estampaba un dibujo cualquiera, un corazón, una estrella, una flor. Él movía la cabeza y sonreía. Su colonia quedaba flotando días en la habitación. Una vez, al abrirle la puerta me miró distinto. Como siempre, le hice pasar.

–¿Quiere algo para tomar?

Fui a la cocina y regresé con un vaso lleno de vino.

–Está cansado, ¿verdad?

No dijo nada y se limpió el hombro de su chaqueta. Me miraba a través de la delgada franja entre el líquido burdeos y el borde de cristal. Después inclinaba la copa en sus labios por un largo tiempo. Tragaba en sorbos espesos y sonoros. Me senté con las piernas juntas mirando el suelo, comencé a mover mis dedos dentro de los zapatos. Dejó la copa en la mesa y se limpió la boca con el dorso de la mano. Me tomó por la cintura y sentí su aliento avinagrado; luego sus manos ásperas subiendo por mis piernas. La copa se derramó en el piso. Él explorándome con urgencia, susurrando palabras en mi oído, abriéndose paso en mí. Acomodó mis talones en sus hombros. Yo suspendida en las embestidas. Presiono la lengua contra el paladar, no digo lo que tengo que decir. (¿Es preciso sacudir tan fuerte las caderas?) Cerré los ojos. Tenía quince años.

Papá daba clases en la universidad regional. Salía a la calle con el ruedo del pantalón deshecho. Regresaba por las tardes con el cierre distraídamente abierto. Pasaba leyendo el periódico durante largas horas. Yo me sumergía en libros, tenía amigas imaginarias, llenaba sin cesar la libreta de hojas gruesas. Siempre nos estábamos escondiendo de algo. No podía invitar amigas a casa ni dar la dirección. Cuando oscurecía salíamos a pasear por la costa, recorriendo en silencio varias cuadras con la vista clavada en el suelo. Recuerdo con desazón mis cumpleaños. Muchas veces tuve que mencionárselos a papá antes que terminara el día. Nunca había dinero para hacerme un regalo. En esas fechas extrañaba tanto a mamá y a mis hermanos. Esperaba en vano recibir de ellos un llamado o una tarjeta de saludo. Tenía sólo un par de amigas a las que inventé una historia distinta de mi vida. Mi madre había muerto después de una larga enfermedad y mis hermanos vivían en otra ciudad con mi abuela. Y más mentiras. Todas las que fuesen necesarias para encubrir mi biografía.

Un día papá desempolvó antiguas postales cuyo reverso estaba tallado con letra pequeña y tinta corrida. Pegó en su muro estas imágenes de islas, ciudades de piedra, calles cruzadas por tranvías, un campanario, el acueducto. Desde entonces, había un atardecer de verano que iluminaba día y noche la pared grisácea de su habitación. Tras el golpe del somnífero cotidiano, sé que caminaba por la plaza de azulejos turquesa bajo la lluvia ubicada frente a su cama.

Eran las postales que le enviaba su hermano gemelo. Nunca me había hablado de su existencia. Él todavía vive en su país de origen, en ese otro continente. Aunque es un hombre de leyes, ahora es el guía turístico de un mausoleo. Sueña con príncipes, come una vez al día. Sólo lo he visto en fotos, es igual a papá, pero en versión delgada. Cada cierto tiempo llegan sus postales que cuentan de gente conocida, familiares lejanos, sobre la difícil situación del lugar. Siempre le cobra cuentas a papá de asuntos difusos, todas sus misivas tienen signos monetarios. Papá no le contestaba. Pero yo percibía el estado de perturbación en que quedaba tras recibir noticias suyas.

Al cumplir dieciocho años recibí la primera carta de mi tío. Me felicitaba por mi mayoría de edad e incluía una lista con deudas familiares. Pensaba en él y que, por vivir en una isla, también miraría como yo el mar todas las tardes. En sus posteriores cartas me contaba que sombras del siglo pasado le rozaban el hombro. Que habla cinco idiomas. Que paga el arriendo de una estrecha habitación con las monedas que le dejan los turistas. Que de todas partes lo echan. Pero que nada le importa mientras no ande descalzo.

4. Migraciones en redondo

Papá envejecía, yo no podía detenerle. Noté su avanzada edad y la inminente decadencia cuando comenzó a mirar programas de humor que antes detestaba, hundido en el sillón y con el televisor a todo volumen.

Muchas veces quise obligarlo a hablar. Estuve a punto de esconder el periódico bajo el cual se escudaba. Simplemente deseaba quitar de sus manos el informativo y enfrentarlo, o apagar la pantalla del televisor, pararme frente a él y abordarlo sin excusas. Preguntarle si era feliz, si todavía le dolía que mamá lo hubiera abandonado por otro hombre. Si extrañaba a su hermano gemelo. Por qué había tanto rencor entre ellos. Si podía contarme alguno de sus secretos de infancia. Por ejemplo, qué había pasado después de la tarde en que los soldados se llevaron a su padre. O cuándo avisaron su muerte. Pero nunca me atreví a desprender el antifaz que llevaba. Temía escuchar sus respuestas y tener que contener su dolor de gigante.

En esa época salí del colegio y me fui a estudiar a una ciudad distante, para seguir estudios en una escuela que recogía mi afición de cuadernos de vida y lecturas. Un territorio en el que no entraba la mirada de mis padres. El cuaderno azul donde alguna vez fundé mi patria me exigía cruzar otra frontera. Por ahora mis ideas sólo rozaban sus comisuras. Las palabras todavía no se articulaban en estos seres que imaginé obsesivamente ciegos sobre las tablas. Quería hacerlos hablar a través de sus cuerpos y del mío. Intentaba darle voz a las estatuas de piedra y al cuero del lobo aplastado del primer acto.

Empaqué las libretas llenas de apuntes, algunos libros. Obtuve una beca para financiar los estudios. Podría visitar a papá una vez al mes, percibiendo su deterioro a plazo de treinta días. Esa mañana, antes de irme, papá me pidió con la voz quebradiza que le leyera el diario. Comencé a enunciar en voz alta el titular principal: "Avance reformista tras elección". Miro sus ojos vidriados. La próxima página era encabezada por "Balance negativo para economía internacional". Papá se comienza a recomponer. Me señala abajo a la derecha, leo: "Protestantes radicales boicotean primera sesión de gobierno". Mis ojos se pasean rápido por la habitación y él sigue tomando fuerza. Continúo, en el costado inferior izquierdo: "Nuevos hallazgos en caso Océano". Lo miro, me dice que no me detenga. Leo el pronóstico del tiempo: *Parcial a nublado, temperatura mínima de trece grados*". Me quiero saltar una noticia, pero él cierra su mano en un puño que, sin tocarme, me golpea. Las letras de la noticia crecen, se vuelven mayúsculas y leo: TAMBALEA PACTO DE SOBERANÍA. TROPAS SE ALINEAN EN LA FRONTERA. PAÍS ENTRA EN GUERRA CIVIL. Quedamos en silencio. Una nueva guerra está a punto de estallar en su país de origen. Muchas cenizas se han esparcido ya en esa tierra. El siglo comienza y termina en la ciudad de papá. Lo sé por las imágenes del noticiario, por los titulares del diario, por los cables de última hora.

Es hora de partir. Papá me abraza y sujeta fuerte mi mano. Por la presión que ejerce sobre la mía recuerdo que alguna vez fue un hombre robusto. Sin saberlo, estaba dibujando un camino que me llevaría a tener migraciones en redondo. Vuelvo por etapas a mi ciudad de infancia, a mi ciudad de juventud, a cada espacio en el que me detuve. Mi personaje adquiere fuerza, cuento uno dos tres cuatro, sé retener el aire. Me paro de las butacas, no quiero volver a estar hundida en ellas dejando que todo acontezca. Salgo a ocupar un escenario propio .

5. Desorden de zapatos

El primer día de clases, un hombre envuelto por un largo abrigo me mira de reojo. Es de estatura mediana, rostro anguloso, cejas arqueadas. Me entrega un papel doblado, sin decir nada. Lo abro, me encuentro con un texto con imágenes y una frase final: *Tengo un agujero en el pecho.* No lo vuelvo a ver durante semanas. Averiguo su nombre entre los doce compañeros de clase. Su nombre lo sabe una chica morena de pestañas largas. Sofía me pregunta por qué quiero saberlo. *Curiosidad.* Deletreo la palabra ocultando una intuición que se atrapa fácil. Me susurra el nombre al oído: Franz. Otra vez, lo encuentro en medio del patio. Se acerca a mí. Identifico las consonancias que nos buscan. El sol multiplica una banda de insectos sobre mi cabeza afiebrada. Recorro el patio de la facultad para escapar de la certeza que cae. Su mirada es una línea marengo que marca nuevos umbrales, esboza un futuro deseo. Hay un ansia de soledad idéntico, quiero simultáneamente que me ame y no me ame, que me llame y me olvide. Esto es, así se siente, no había leído tantas veces.

–Vamos a la sombra, no me siento muy bien –digo.

Me sigue. Lo guío por angostos senderos. Nos sentamos bajo un árbol. Su figura se interpone a los rayos de luz que se cuelan por las ramas. Es un cuerpo borroso que avanza con su manto de oscuridad y se cierne sobre mí. Conversamos toda la tarde. Llega Marcos, su mejor amigo. No habla, sólo me mira; sé que me evalúa. Llegan Felipe y Jaime. Hablamos de libros, de las próximas lecturas. Sofía fuma un cigarrillo con nosotros y se va. Quedamos Franz y yo. Me llama a descender en círculos a su fondo hasta vislumbrar puntos ciegos. El silencio conservaba en nuestro encuentro el beneficio del suceso fortuito. Era la complicidad requerida. Nos fijamos en la cicatriz que hay sobre el tronco, dos nombres. Paso los dedos por la ranura y mi antebrazo se llena de hormigas que él sacude. Cuando refresca, me invita a su apartamento. Me prepara un té y me abriga con un suéter enorme, que siento como una camisa de fuerza. Pero me entrego, sin poner resistencia, a este hombre que esboza límites confusos. Es incapaz de narrar su pasado, hilar ciudades y personas. Hay pocos muebles, sólo una silla junto a la ventana. Duerme sin cortinas en una cama deshecha. El día termina con un desorden de zapatos junto a la puerta.

Comenzó por la espalda.

Sus dedos se deslizan punzantes hasta el sacro. Frota mis pies contra los suyos. Su cuerpo firme y plano me escala. Sus manos bajo el suéter aflojan los nudos formados por demasiadas horas sentada en taburetes precarios. Giro. Su pelo lleno de humo cae sobre mi boca semiabierta. Estoy vestida; sus piernas y brazos perfilan los míos sobre de las mantas. Tras dibujar mis labios con su saliva me libera de las frazadas y la ropa. Baja lentamente el cierre de la falda y enumera mis costillas. Acaricia la marca que dejaron los ligueros en mis piernas. Estoy inmóvil e ingrávida como la sombra que se proyecta en mí. Me detiene cada vez que rompo mi quietud para tocarle. Ahora me recorre con la lengua socavando mi ombligo. Su torso se vuelve distante, al punto que pasa a ser el paisaje de la habitación. Mis puños están cerrados mientras lo dejo vagar por la cuenca de mi boca. Su lengua es el tamiz de inéditos sabores. Su cuerpo produce un leve murmullo, una frase, al frotarse contra el mío. Cierro los ojos. Sé que verá en mi cuerpo las cosas que me han pasado.

Rompo la quietud. Una ola de sensaciones me mueve a palpar el relieve de los músculos. Mientras más lo abrazo, más retrocede. El zumbido de los cuerpos se intensifica. Un golpe eléctrico en la sangre hincha las venas como hilos azules. Las formas se pliegan. Un nuevo volumen se condensa y explota en la cama. Nos hacemos más espesos. Mis huesos se expanden para contrapesar este andamiaje que se monta. Atisbo una fracción de fuga y mis brazos se hacen fuertes para evitar el derrumbe de esta figura. Un minuto muerto. A lo lejos reconozco su contorno. Yace en el larguero de la cama. Acaricio la curva de su cráneo y traigo su cabeza hacia mi pecho. Juego con mi dedo en la saliva de su boca, paso el dedo por el pelo que entonces se tiñe de tabaco. Noto el arco de su espalda cuando entierra su nariz en el perfume de mi muñeca, me pregunto cómo un cuerpo tan difuso ha podido salvarme.

6. Campos minados

Franz apareció en mi vida para quedarse en forma vaga. Me rozaba mientras se perdía entre su soledad. Otras mujeres, Sofía. Nunca lo dejé acompañarme en mis viajes de visita a casa de papá, incluso a sabiendas de que en mi ausencia dormiría con amantes temporales. Una parte de mí no deseaba que entrara por completo en mi vida. Intuía el vértigo al que me estaba exponiendo. A mi regreso, él simulaba orden y necesidad de mí. Me esperaba con fragmentos escogidos de sus últimos descubrimientos literarios, para después leérmelos en voz alta. Y por más que despejara los ceniceros y las colillas, su apartamento olía a otro tabaco.

–Háblame sobre tu madre –me dijo un día.

Me demoré en contestar.

–Otro día –dije algo afectada.

–Está bien. Otro día –sentenció.

Esa noche y las siguientes tuve pesadillas con mamá y papá. Sueño que mi madre tiene cincuenta años y está embarazada. Aparece en el comedor con su amplia barriga. De inmediato adivino su estado por su forma de caminar, por sus ojos. La ecografía revela que alberga un monstruo de tres cabezas y orejas largas. Abro una puerta y mi padre está sentado sobre la taza del baño rebalsada de mierda. Cada vez que giro un picaporte sorprendo a personas en la misma posición. Todos cabizbajos y hundidos en el desagüe de sus propios excrementos. En la siguiente secuencia lleno una maleta con ropa, muñecas y cartas. La quemo, contemplo la hoguera de mi pasado y, cuando se termina de consumir, lo busco desesperadamente entre las cenizas. Mis padres me realizan un aborto, dicen que es un rito de sanación. Sostienen la sábana verde que me cubre y yo sé que no albergo a ese ser. Sangro y todo se coagula en pequeños cuadrados de jalea escarlata. Una caja abierta, un prisma de sentidos. Una lengua olvidada que susurra claves en mis oídos. Los mensajes de todos mis sueños explotan como vidrio molido en mi cabeza. Caigo incesantemente por una larga escalera, percibo los instantes en los que ruedo a golpes por los peldaños. Cuando me levanto tengo las rodillas cubiertas de hematomas.

Varios meses después, pude esbozar a Franz una historia vaga e inconexa de mamá. Rozaba otra frontera y me sentía próxima a un campo minado. En esa época comenzamos a estudiar juntos para los exámenes, a dormir ambos en su casa. Pasábamos horas mirando la ciudad desde su ático. La línea de luces, los cristales rotos, las chimeneas tuertas. Más allá el parque, un grupo de hombres cruzándolo. Las parejas besándose entre los árboles. Sofía siempre rondándonos, desestabilizando nuestro equilibrio precario desde su largo cigarrillo. La nebulosa de su tabaco nos envuelve, nos marchita, me ahoga; esa nube que nos trepa en la sala de clases, en la biblioteca, en el café de la tarde. Nos fuimos sumergiendo en un torbellino de crisis que se sucedían unas a otras: la carrera, nosotros, él, ahora yo. Me sentía desgastada, a la deriva, dispersando mi energía. Y después de cada discusión, él prometiéndome que todo cambiaría. Y yo extendiendo los brazos a cambio de apoyar mi cabeza en su pecho.

Este hombre más allá de los "a pesar de todo", de los "no obstante" es una sustancia que necesito, pero que a la vez me llena de sobresaltos. Lo que no sospechaba era la nueva interrogante que me plantearía, cuando una noche me esperaba en la cama junto a otra mujer. Sofía y sus enormes ojos llamándome, apuntando al techo con su larga pitilla. Los dos esperando mi respuesta. Entonces yo, llenando apurada el formulario de traslado de sede con la excusa de terminar el último semestre en la sede matriz de la universidad; yo, tomando el tren a la mañana siguiente con un poco de equipaje, una caja con libros y cuadernos. Sentada en el vagón, tomé conciencia de que estaba de pronto dirigiéndome a mi ciudad de infancia.

Al salir de la estación ferroviaria reconocí esos ruidos de la niñez, las luces intermitentes del lugar. Caminé desorientada mucho rato intentando distinguir el antiguo olor a hollín, a sótanos enmohecidos, el ritmo de las calles transitadas, las bocinas de los autobuses que suenan como sirenas de barco. Me paré exhausta en una esquina, me hice a un lado de la danza urbana, de esta huincha transportadora que aglomera pasos confundidos, zapatos anónimos que toman distintas direcciones. Detenida en ese pedazo de ciudad, no pude dejar de recordar a mamá.

7. Mamá me lleva de paseo

Esta es la calle. Ahora lo recuerdo. Un día mamá me lleva de paseo. Caminamos de la mano, es de noche, venimos de hacer compras. Pasamos por una esquina donde hay tres mujeres. Las mira de reojo, pasa de largo, se devuelve. Las saluda, ellas preguntan por papá. Mamá contesta algo impreciso. Seguimos caminando.

–¿Quiénes son? –interrogo.

–Amigas de tu padre –contesta entre dientes.

–¿Cómo se llaman?

–No sé.

Noto que le molestan mis preguntas. Cruzamos la calle. Se pone los lentes oscuros.

En casa dibujo a las tres mujeres, la esquina que las sostiene, el farol que las baña de luz. Les pongo nombre: Trichi, Sussi, Virginia. Las visito a escondidas, me hago amiga de ellas. Me preguntan por mamá, por papá, si duermen juntos, a qué hora llega él, cuántos hermanos somos. Yo le digo que depende. Somos tres o soy la única. Se ríen nerviosas. Les muestro el dibujo que las representa, les gustan sus nombres de fantasía. La Trichi es la más divertida. La minifalda le corta muy arriba las piernas, se asoma el calzón de encaje. Sus párpados están cubiertos de polvos brillantes. Su zapato es un palafito incrustado en el pavimento. Masca un mondadientes. La blusa trasluce las aureolas oscuras de sus pechos. De su cuello corto y ancho cuelga un corazón de piedra que le regaló el padre de su hija.

Comienzo a disfrazarme como ellas, me pruebo vestidos provocadores, llevo los labios pintados. Ensayo sus sonrisas iluminadas, su caminar curvilíneo. Las caderas se mueven de izquierda a derecha. Me empino sobre unos tacos filosos, me balanceo de derecha a izquierda. Me avergüenzo, me siento poderosa y después frágil.

Seduzco a los muñecos del estante, elijo al oso de peluche amarillo y lo tomo de sus orejas lánguidas. Le hago un breve masaje en su nuca blanda, bajo por la espalda sin columna y pellizco su rabo. Simulo con él un beso apasionado. La boca se me llena de pelusas. Lo tomo brusco y obligo a su brazo amorfo a posarse en mi entrepierna. *Ven, no tengas miedo.* Me mira sin pestañear. Acaricio el botón de su nariz. Intento abrir sus labios sellados. *Por qué no te relajas, precioso.* Le sobo las costuras. La etiqueta de una marca extranjera indica cómo lavarlo. Separo los dos bultos de sus piernas. Que su boca de ratón me roce los pezones. Se resbala de mi torso desnudo. Lo rescato de caer sobre la alfombra. Lo sostengo a la altura de los ojos.

—Bésame, pequeño. Deja de mirarme con tus ridículos ojos concéntricos y tócame —le digo enojada.

Me dan ganas de ir al baño.

—Te salvaste. Se acaba, por hoy, el juego —le murmullo al oído y lo lanzo lejos.

Se estrella contra el muro y cae cerca de una esquina de la ventana. Esta vez no lo auxilio. Que se llene de tierra.

Una tarde papá llega nervioso, sudado en las sienes. Respira con alivio cuando se entera de que mamá no está en casa. Se acuesta en el sofá y sonríe de una forma extraña. Enciende el televisor sin optar por ningún programa. Aprieta una y otra vez los botones del control remoto. Ninguna imagen se fija. Mientras observa la pantalla me detengo en su oreja. Tiene una mancha. La observo de cerca, reconozco el lápiz labial color uva.

—Un beso de la Trichi, ¿verdad? —le pregunto aguantando la risa.

Se para en forma violenta y me abofetea. Es la primera vez en su vida que me toca. Mi mejilla arde y se hincha. Corre al espejo, se mira y borra la pintura en el lóbulo con movimientos bruscos. Me pide disculpas. Con cierto tono amenazante me pide que no diga nada a nadie. Me pasa una toalla húmeda para que refresque mi cara. Después me acaricia el pelo y me cierra un ojo. No digo nada.

La bocina de un auto me despierta. Tomo la maleta y avanzo por la calzada. Esta vez, antes de llegar al lugar, tomo un taxi. En el cruce de calles bajo la vista. Siempre hay tres mujeres en una esquina.

8. Hombres fragmentados en medio de la multitud

Me detengo y algunas imágenes se me vienen encima. Los ojos de Sofía, los de Franz, los míos. La fumarola de tabaco espesando la habitación. La falda azul de Sofía enredada con el pantalón negro de Franz sobre el respaldo de la única silla del apartamento. La espuma del secreto. Tras separarme de él vino una soledad de tres años. En un principio me escribió sucesivas cartas pidiéndome que volviera. El campo minado ahora era un mapa desierto. Nunca le contesté.

En este tiempo en mi ciudad de infancia soy incapaz de reconstruir el recuerdo de un hombre por entero. Voy de un lado a otro para que nada ni nadie me roce. Me entrego al juego de mi propio cuerpo o con cuerpos extraños. Salgo a recorrer las calles de noche. De vez en cuando una ráfaga de hombre que me cuesta recordar; toda imagen se esfuma al borde de otra niebla. Mi promesa es acostarme sólo una vez con el mismo hombre. Siempre es en sus casas o en cuartos de hotel. Respiro con alivio cuando, tras de mí, escucho el sórdido portazo y el crujido del ascensor, después de haber desdibujado mi desnudez hasta aparecer vestida en el marco de la puerta. Si piden mi teléfono doy un número errado. Al llegar a casa abro las cortinas para dejar que la luz vele el negativo de la última víctima sobre mi cuerpo. Boto un papel con un nombre y una dirección, me doy un baño de tina.

En mis torpes huidas de sus casas, dejaba mi presencia repartida en aros, trabas de pelo y cinturones que olvidaba con intención. Imaginaba el placer que les provocaría tocar, oler, mirar esos objetos. En las noches de soledad se quedarían dormidos con alguna de esas cosas entre sus manos. Y eso sería lo único que quedaría de mí, tan concreto e insignificante como para condenarme a un perpetuo misterio. En ocasiones me preguntaba cómo sobrevivía a ese juego solitario. Sólo existían hombres fragmentados en mi recuerdo. Un nombre cualquiera, se mezcla con un cuerpo a oscuras a una hora inexacta. El resto de una noche, un rayo de luz, el número de una habitación, un silencio de mañana, un portazo final. Sé del peligro de esos individuos en mi territorio. A veces me pareció divisar a alguno de estos hombres en la calle, en un café, a la salida del cine, y pasaba de largo ante sus ojos interrogadores.

Es vísperas de Año Nuevo. Estoy sola. No sé cómo he llegado hasta este lugar lleno de gente que espera las doce de la noche. Visto una blusa de seda que brilla con las luces intermitentes. Siempre he huido de las multitudes, permanezco en el borde del epicentro de esta fiesta. Ubicada en una esquina del apartamento observo los ceniceros llenos, los muebles fuera de lugar y las alfombras enrolladas. Fuerzo en mí el ritmo de la música que a otros contagia en movimientos libres. Hay una exposición de géneros suaves, de aromas, de pieles húmedas que se entremezclan con las copas de alcohol.

En la improvisada pista de baile veo a dos parejas que danzan. Una está compuesta por un muchacho moreno y una chica pelirroja. La otra, por un hombre canoso y una mujer de melena rubia. Sus torsos próximos electrifican la atmósfera. El muchacho moreno le dice algo al oído a su compañera de baile. Ella ríe echando su cuerpo para atrás. En uno de los giros se cruzan las miradas de la chica pelirroja y el hombre canoso. Ella, en un compás mayor le ofrece su espalda descubierta. Luego se distancia levemente del que ahora es su pareja para ofrecer al hombre entrecano su voluptuoso escote salpicado con mechones rojos. Él, con su sonrisa remota, acepta la invitación. La pelirroja extiende las manos, curva las falanges, gira las muñecas dibujando caricias virtuales. Él imagina cómo enredaría sus dedos en esa cabellera rojiza y abundante. Ella se moja los labios y le envía un beso en el aire. La mujer rubia mece su melena sin sospechar lo que ocurre a sus espaldas. Tal vez, solamente ha notado que el hombre entrecano la abraza con menos fuerza. Él ya ha perdido todo interés en ese cuerpo adyacente y no hay nada más excitante que esa vecina de mirada procaz, que gira paralelo envolviendo a otro hombre.

Me apoyo contra la pared. Tomo un trago de vino y continúo observando. Comienzan a diseñar su futuro encuentro. Sobre los hombros de sus acompañantes intercambian números telefónicos con la mímica de sus dedos. Por pudor, por no querer registrar esos dígitos miro hacia la ventana. Suena otra canción. El hombre entrecano hace como que le susurra algo al oído a su compañera que se estremece ligeramente. Pero, en realidad, deletrea un mensaje que la muchacha pelirroja lee en sus labios. Continúan en la coreografía que trenza sus cuerpos errados a un ritmo cadencioso, en un contrapaso cruzado. Se acaba la música, cada pareja se dirige a una esquina diferente. Desde los rincones vecinos la pelirroja y el hombre entrecano hacen un brindis, levantando las copas y haciéndolas chocar en el vacío. Él sube una ceja, inclina la cabeza en un *Vamos* de pregunta y de orden. Ella suspende la respuesta dirigiendo sus pupilas pardas de un lado para el otro. Finalmente asienta con la sombra espesa de sus párpados. Ambos se excusan de sus respectivas parejas para dirigirse al baño. La chica pelirroja se levanta primero y acaricia el hombro del muchacho moreno. Él se para unos prudentes minutos después. La mujer de la melena cenicienta mira el reloj y le dice algo. Ambos se pierden en el pasillo. Alcanzo a ver que en el camino la chica pelirroja saluda a alguien. La puerta del baño se cierra de golpe.

Alguien saca una foto. La luz me encandila. Sé que apareceré mirando hacia fuera de los límites del retrato, fijando mi lejanía, mi patente soledad. Cumplo mi papel secundario, la mayor parte del tiempo tras bambalinas. Por hacer algo, invento la necesidad de llenar mi copa. En medio de la cocina diviso a Franz. Lo abordo en silencio. Me acerco rodeando su espalda, reconozco su olor, acaricio su chaqueta sin que él lo note. Le tapo los ojos. Se gira y quedamos de frente. Los primeros minutos fueron de una interrogación mutua, mientras a nuestro alrededor oímos que se acumulan vasos y platos sucios. Nuestra conversación hilada por la cuenta regresiva que entonaban los demás.

Mientras deshago nuestro abrazo, miro alrededor. No veo a la chica pelirroja ni al hombre entrecano. Pero sí diviso a la mujer de la melena blonda hundida en el mismo sillón. Frente a mí está el muchacho moreno. Inclina la copa, me mira fijo, después suspira levantando un mechón de pelo que le cubre la frente. Los ojos de ambos recorren ansiosos el perímetro del lugar. Creo que tendrán que descifrar el designio de este nuevo año que comienza. Salgo de la fiesta con Franz. La noche está fresca e iluminada con fuegos artificiales. Esta vez termino aprendiéndolo de memoria, hasta deletrear su nombre sobre cada centímetro de piel.

Viene goteando de la ducha, se tumba sobre mí. Me llena de frío. Yo soy la que ahora está sobre él. Mis piernas a la altura de sus caderas. Sus brazos plegados al colchón. Las sábanas con rocío. Acaricio sus pezones y él se contorsiona. Huele a jabón. Sus sienes palpitan. La respiración inunda de sangre los cartílagos de sus orejas. Golpeo suave su pecho, hay un eco. Me hundo en su pelo húmedo aplastado contra la almohada. Y de tanto cabalgar lo venzo en su propio deseo. Una mancha de sal sobre mi vientre. El cuerpo de Franz es un mapa tan familiar, doblado en los mismos sitios, pero un mapa que nunca se despliega del todo. Me animo a cruzar la frontera.

9. Un agujero en el pecho

Después de esa noche intento huir de la casa de Franz. La habitación a oscuras, mis pies hundiéndose en la alfombra de lana. Tanteo la silla donde recuerdo haber dejado la ropa. Del respaldo rescato la blusa de seda a punto de resbalarse. Lo miro de reojo, aún duerme. Humedezco los labios, respiro despacio. Investigo el agujero de las mangas, me introduzco en la prenda mientras me rozan las casi imperceptibles costuras. Voy encajando cada uno de los botones en los ojales que se abren como pequeñas bocas hambrientas. Aspiro el olor agridulce del sueño de Franz, me mareo un poco. Investigo entre las sábanas hasta dar con mis bragas de algodón que suben acariciando los talones, los muslos, el vientre.

Escucho el rugido del primer auto que cruza la calle. Estoy vestida, él duerme desnudo; es lo primero, lo único que ahora nos separa. Me distrae el pelaje de la gata dando vueltas entre mis piernas, clavándome la punta de su cola en mis corvas. Un sabor amargo se adhiere a mi paladar. Imagino el beso que daría sobre su mejilla áspera. Me contengo, podría despertarlo. Salgo de la habitación con los zapatos en una mano y con la otra tanteando la pared helada.

En el umbral de la puerta no resisto y miro hacia atrás. Él me está mirando, sonríe, me llama despacio. El calzado rebota en el piso de madera, regreso a sumergirme en su tibieza. Me quedo así, al interior de su paréntesis.

—No te vayas... Tengo un agujero en el pecho...

Me mira con ojos suplicantes y vidriosos.

Un agujero en el pecho, un pozo profundo, una laguna seca. He perdido la noción del contorno de mi cuerpo que se funde con el suyo, formando nuevos volúmenes. Somos una montaña, una mesa, un árbol, un caballo salvaje, una estrella. Respiramos profundo, abrazados muy fuerte, como si algo nos fuera a separar. En medio de la noche siento que Franz me susurra palabras inconexas, sonidos circulares en el oído. Me había olvidado completamente de su pulgar seguro en la raíz de mis caderas, frotándome despacio el pubis. Me había olvidado completamente de la rodilla apoyada en mi rodilla, de los pies comprimidos uno junto al otro, de las cabezas lacias demasiado próximas. En el ángulo recto que se forma en sus hombros, arrimo mi cabeza. Permanecemos un instante bajo el agua y luego volvemos a salir juntos en el sueño. Te habría escuchado siempre. No podías imaginar la turbación de entrar en la corriente de sus pensamientos. Empezamos todo otra vez. Con los ojos aún cerrados, su boca succiona, muerde, deja cicatrices.

Me despierto con su pelo rizado bordeando mi cara. Conversamos hasta el amanecer, esbozamos salidas, trazamos proyectos. Nos entusiasma la idea de un viaje, emprender juntos un vuelo sin destino fijo. Una procesión por nosotros mismos, pero con otro paisaje de fondo. Desplegamos un mapa y marcamos rutas, ciudades, ríos. No puedo volver a dormir. La mañana entra por la ventana; a través de las cortinas se plisan rayos de luz en la alfombra y el ruido trepa desde la calle.

Sí, eso es lo que necesito, lo que necesitamos: un viaje; pronto, lejos, extenso. Miro el calendario. Es martes.

10. Cartas cruzadas

Sobre la mesa del recibo una carta. Miro el remitente, es mi hermana. Su nombre, una extraña dirección, otro país. No sé cómo ha dado conmigo, pero la certeza del sobre anula mis preguntas. Abro temblorosa los pliegos de papel mantequilla cuidadosamente doblados. En ese instante pasa por mi mente la idea de tirar la misiva y olvidarme de este hallazgo. Me recuesto en la cama con la carta extendida y me dejo llevar por su letra cursiva y simétrica.

Querida Tamara. Eres tú, Adela, no puedo creerlo. Es la tercera vez que comienzo a redactar esta carta. Tal vez me escribes para darme una mala noticia. Me resulta difícil escribirte, como seguramente a ti leerme ahora, pero quiero saber de ti. ¿Por qué te demoraste tanto en escribirme? En este lugar el invierno está en su punto más álgido. A veces debo agitar mi mano para que no se congele mientras te escribo. Aquí es verano, calculo: si acá es de día, allá es noche y tal vez duermes mientras te leo. Te leo escuchando tu voz más gastada, algo remota.

Desde que dejamos de vernos han pasado tantas cosas en mi vida, me imagino que en la tuya también. Casarme, vivir acá, tener hijos. Yo tengo una pareja y estamos planeando un viaje.

Me siento culpable por esta lejanía, pero todos los intentos para encontrarte fueron anulados por mamá. No importa, tenemos que recuperar el tiempo perdido, quiero que me vuelvas a cepillar el pelo. Recuerdo la espera en vano para mis cumpleaños; la ilusión que se desvanecía en cada visita del cartero que sólo traía cuentas y recibos. Tal vez pude haber hecho más cosas, pero ella insistía en darte por desaparecida a ti y a tu padre. Dime qué es lo que quieres. Lo que quiero pedirte es que vengas, quiero que conozcas a mis hijos. Cuántos niños tendrás. Te va a sorprender como la chica más pequeña se parece a ti. Te espero, necesito verte. Yo también. Adela. Tamara.

Respiro hondo y me pierdo en la ventana, en las montañas enmarcadas. Releo las frases taciturnas, tan propias de la melancolía de mi hermana. En ese estado me encuentra Franz cuando llega a casa. Ese día le hablo sobre gran parte de mi vida con todas las impurezas del lenguaje. Le hablo sobre mis padres, mi infancia, las verdaderas razones de la separación con mi madre y mis hermanos. También, le cuento de esa primera vez a los quince años. El agente bancario entre mis piernas, la caída del sofá. Recorriendo mi piel con su lengua áspera, soplando un aire caliente en los tímpanos. En el primer intento no pude. Recuerdo mis calzones entrampados en las rodillas y a él sentado en el sofá con aire molesto. Regresó la semana siguiente y yo debí cumplir por ganas, por miedo, por curiosidad, por orgullo. Esa vez fue más cariñoso, susurró canciones, hizo todo lento: sus manos, mi vestido, su pantalón, mi cuerpo, su torso, mis pechos, su sexo, mi sexo. Movimientos de títere. Antes de irse me dio un beso en la frente y dejó la colilla de pago en la mesa de la entrada.

El próximo despacho vino en manos de otro representante del banco. Un joven delgado con gorra institucional. Le pregunté, con disimulado interés, por el otro hombre, y en forma vaga contestó algo sobre una solicitud de traslado de zona. Corrí hacia el baño. Me miré al espejo y me encontré fea, despreciable. Me temblaba el mentón, los ojos estaban desorbitados, las mejillas aceradas. Me odié por unos instantes. Nunca se lo había contado a nadie. Franz me escucha. Sé que durante su silencio él une hechos, me mira desde otra arista. El sonido atronador de antiguas plegarias gastadas. El conocimiento del otro en zigzag.

Se puede viajar hacia un destino, desde un lugar, en alguien. El viaje aparece como una salida de escape. Decidimos adelantar la fecha de partida.

11. Muertes en viaje

Abandonamos los trabajos, cada uno entregó su apartamento y vendimos los muebles. Sólo teníamos mapas del mundo, unas guías de viajes, un par de maletas. Mientras avanzábamos por la rampa, con el billete en mano y empujando el carro del equipaje, me preguntaba de qué huíamos. Era la primera vez que íbamos juntos de gira, acompañándonos a tiempo completo en una caravana de infinitos días donde vislumbrábamos sólo un primer destino fijo: la casa de mi hermana.

Optamos por un viaje en barco, con ese tiempo pausado. Cruzando latitudes espaciosamente antes de llegar a destino, verdaderas escalas, no sólo de pasajeros en tránsito. Queríamos saborear el camino. Comenzaba la odisea de nuestra relación, esta alternativa por permanecer trashumantes. Internarse en una expedición con pasaje de ida, pero sin fecha de regreso. El barco zarpa, ahora nos convertimos en navegantes. El muelle se transforma en un punto pequeño. Apoyados en la baranda asumimos nuestra nueva condición de navegantes.

Ir a colonizar países que quedan dentro de uno. Extender el mapa desnudo que somos y dejar que el otro acaricie esa geografía escondida, tan subterránea. La primera escala, el encuentro con mi hermana. Una mañana de niebla. Un abrazo silencioso en el puerto. En las extensas pláticas que sostuvimos, se fueron iluminando los dibujos de los muros interiores de mi mente. Una cueva en penumbra hasta ese momento, repleta de marcas. Tuve que verbalizar muchas cosas que había enterrado bajo el signo de la mudez. Fuimos recordando episodios al mismo tiempo que conteníamos la rabia, la tristeza. Largas jornadas enfrentándonos, buscando explicaciones. El televisor vendido en medio del programa. La directora mostrándonos las matrículas impagas. El maestro en bata paseándose por la casa. El ruido de los tacones de mamá alejándose por la calle. La mancha de vino sobre la alfombra. Las botellas abiertas. Los frascos de medicamento vacíos. Mamá en el hospital, conectada a tubos. Los dos puestos en la mesa, las dos tinas, los dos besos.

La memoria aparece como un templo vacío, sostenido por columnas que recorremos de la mano. A veces alguna de las dos queda atrapada en uno de los pilares, rodeando el cilindro, descifrando el mensaje que guardan sus estrías. Se escucha el eco de nuestras pisadas por este vasto territorio. Por momentos creo que esos hechos que tanto he querido olvidar están sucediendo por segunda vez: las discusiones nocturnas en la sala de estar, los cambios de casa, el remate del televisor, el maestro pintor, mamá en la clínica. Es que no hay nada que evocar. Jamás hemos olvidado algo. No queremos hablar más por ese día. Vamos a su habitación. Nos recostamos sobre el cubrecama escarlata y encendemos el televisor. Comienza una película de terror, como las de nuestra infancia. Soltamos risas nerviosas. En las escenas de pánico yacemos aferradas, confundiendo el antes y el ahora, traspuestas a dos tiempos que ocurren simultáneos. La miro a los ojos. Se me confunde su cara de niña con su rostro de adulta. Distingo las primeras canas ordenadas como hilos de ceniza. Ella despeja un pelo que me cae sobre la frente y me roza la mejilla. Antes, su mano más grande; ahora, sus palmas calzan perfectas contra las mías. Un surco se dibuja en su frente. Cuando aparecieron los créditos, hice la pregunta pendiente.

–¿Y Davor?

Demoró en responder.

–Algo sé de él. Está bien. Construye casas, diseña edificios. Vive solo. Dice que las mujeres no lo aman. ¿Te sorprendería si te dijera que viven en la misma ciudad? –contestó sin mirarme a los ojos.

–No. Ni cuando vivíamos en la misma casa nos encontrábamos.

Salió de la habitación. Comprendí que no quería seguir hablando del tema. Me quedé con la imagen de Davor usando la peluca con la que me imitaba, mientras yo chupaba un mechón de mi pelo y después rompía en llanto.

Franz y el marido de mi hermana nos miraban con curiosidad durante nuestras intensas charlas. Estuvimos tan centradas en saldar el pasado que no alcancé a tocar el actual mundo de mi hermana. De su marido sólo me llevé una vaga imagen. Un hombre de perfil hundido en el sillón, aspirando una pipa y exhalando humo, alternadamente. Me emocionó que su hija pequeña se pareciera tanto a mí; me hizo sentir más cerca, pero sus niños se me hacen más reales en la visión del patio lleno de juguetes repartidos. Supe que había llegado el día de marchame cuando soñé con ambas vestidas de novia y besándonos dentro de un taxi. Alguien pregunta si estoy bien –qué pregunta–, pero no respondo hasta haber abierto y cerrado otra puerta. Despierto. Había siempre una inquietud de algo provisional en el aire, una atmósfera de sala de espera. Era hora de emigrar; debíamos completar el viaje y no quedarnos a medio camino. Éramos dos búhos intentando escapar por la noche camino al bosque.

Esa mañana, mientras intentaba despejar la imagen de mi cabeza, hablé con Franz.

–Necesito reanudar el viaje –dije.

–¿Cuándo? –preguntó sorprendido.

–Hoy –sentencié.

Era tal el apremio de mi demanda, que no dijo nada y comenzó a hacer el equipaje.

La mañana antes de irme, Adela me cepilló el pelo. Desató un lazo que llevaba y recorrió mi cabello desde la raíz hasta las puntas. Mientras avanzaba con el peine iba separando hebras, desatando nudos. El leve peso de sus manos generaba un zumbido. Era el rumor de la infancia. Recorría la curva de la nuca, mi pequeño cráneo, la línea del cuello. Era una caricia tenue que masajeaba mi cabeza, trepaba por mi frente. Repasaba las puntas cuando sonó el teléfono. Dejó mi pelo ordenado sobre la espalda.

Prometimos no volver a hablar sobre el pasado. Dejé pendiente su presente: su familia, sus hijos, su trabajo de traductora. Tras esta visita algo se cerró dentro de mí de un modo insondable. Las marcas son más tenues.

12. Sólo veo tus pies

En el periplo de vuelta, Franz comenzó a parecerme un extraño. Constaté el agujero que tenía en su pecho. Esa sombra de la que él me había hablado al inicio de nuestra relación: un túnel que sustraía luz, presente, presencia. Hacía pausas, reanudaba la conversación, cruzábamos calles. Pasábamos juntos mucho tiempo y yo sólo contaba, no preguntaba nada. Yo pensaba que pretendías de mí una respuesta. Cuando comentaba algo, no podía simular el tedio que me causaba su sensibilidad opaca. Oscilaba lejano, como un personaje de fondo en mi trama. Sentía que no era capaz de contenerme. En el camarote comencé a desnudarme dándole la espalda. O bien, a pasar la noche en cubierta contemplando las ondas fatigadas del océano.

Tras el encuentro con Adela quedé a la deriva, sumergida en mi infancia. Casi no percibía el cambio de paisaje, de país, de clima. Todos los lugares visitados tendieron a confundirse, a parecerse. En lo que restó del viaje, Franz no volvió a cambiarse de ropa. Me incomodaba esa desazón. La monotonía era interrumpida por un atisbo en la ventana o por la breve conversación con otro pasajero. Algo se desencajó y una franja de tierra se interpuso entre ambos. Divisé el túnel y cómo recorríamos juntos ese largo corredor.

Después de tres meses de travesía no llegamos a puerto. Arribaron nuestras maletas, nuestros cuerpos, pero nosotros nos quedamos flotando en algún remoto paraje. No sé cuál fue el lugar exacto del naufragio; de pronto estalló la tormenta, vino un silencio infinito. Si bien llegamos en la misma fecha, nuestro descenso fue diferido. Estábamos viviendo el éxodo de nuestra relación. Entre nosotros se instaló una brecha por donde se fugaban nuestros sentimientos, la historia compartida, y todo quedó desolado. Los timbres en el pasaporte eran pequeñas muertes registradas.

Ahora sólo veo tus pies. Repites la misma fórmula de papá. Te ocultas detrás del periódico desplegado. Llego a casa y sólo veo el ángulo que me ofrecen tus piernas sobre la mesa; me parece demasiado obtuso. Lees el diario sin expresar el más mínimo gesto de reconocimiento. Te escondes tras la sábana de papel, no sé derribar ese muro. Dejo el bolso en la silla de la entrada y camino hacia tus plantas desnudas, que se extienden como la pared que nos separa. Primero avanzo como un felino acariciando los muebles, silenciando mis pasos en la alfombra mullida. Mis zapatos se enredan con antiguos rencores, distancias y silencios. Pienso que mi historia privada está siendo encubierta por acontecimientos públicos. Me detengo. Sigues impertérrito. Leo el titular de la crónica: *Califican de inoportuna petición del Magisterio*. Sonrío con el chiste del día. Después mi voz emerge y voy cercando tu rotunda mudez con mis palabras hirientes.

La planta de tus pies es un mapa que desconozco, lleno de accidentes, cataclismos y estrías. Asomo mi ojo derecho por encima del papel. Miro la fecha en la esquina del periódico que recuerda que estamos juntos hace tres años. Tus pies se desploman, tu rostro aparece. El trozo del pasquín cae meciéndose lentamente. Durante esos instantes nos miramos; la sentencia era irrevocable.

13. Conversación de principios y finales

Cuando despierto, él no está. Busco su pulso entre las sábanas, palpo su costado, echo atrás la colcha para encontrar su estatura mediana. Quedo observándome las piernas. El recuerdo de todos los hombres que he conocido me pasa por el lado; el de Franz me atraviesa. Pienso en el abismo que se extiende desde la orilla de la cama. Con los labios apoyados en la ventana le digo *Ven, vuelve.* Sé que tendré que inventarle un espacio en mi rutina. Colgar una foto de él que resuma todas mis vivencias. Buscar en el mapa el lugar exacto del desencuentro, las causas de tanto olvido.

Algo zozobra dentro de mí. Sé que en las mañanas venideras desearé que él amanezca hundido en mi desnudez. Lo imagino sumergido en el silencio de yeso de la mañana, con las órbitas llenas de neblina, los dientes rechinando en la canaleta de las encías. Los soldados se paran en la línea de fuego. Él se ha ido, no hay trinchera que me defienda de este ataque sorpresivo. Parpadeo en ascuas. Me ametrallan en el centro del corazón. Un agujero en mi pecho. Comprendo que estoy en medio de un campo de batalla.

Tus palabras me rozan cuando he decidido dejar de escucharte. Abanico de sonidos y pausas, labios moviéndose. Tus cuerdas vocales articulan gemidos. Me río en tu cara, me tapo los oídos, miro por la ventana. Elijo palabras al azar, dicto el más incoherente de los discursos. Leo en voz alta los carteles de la calle, los anuncios del periódico. Recito los lemas publicitarios. Las frases van alineándose en la hoja blanca del cuaderno como segundos congelados; pequeños dibujos para llenar el tiempo de esta larga espera. Cómo acercar las rutas bifurcadas, cómo anular la fuerza centrifuga que nos aleja, establecer el punto equidistante que nos vuelva a encontrar. Pero pareciera que ya no hay transbordos posibles.

La última vez que vi a Franz fue para una conversación de principios y finales, alrededor de la mesa de un café. El ruido de la calle, el mozo haciendo el pedido, trayendo el café. Prendes el primer cigarrillo. No podemos conectarnos; te hablo y apenas me escuchas. Los otros clientes pasan a llevar las sillas, piden azúcar, preguntan la hora. Las tazas, la cuchara, el humo del brebaje, las servilletas se acaban, un conocido saluda. No puedo tocarte: hay en medio una mesa, dos tazas, un cenicero. Quiero decir algo, pero el mozo interrumpe con la cuenta. Cuando finalmente logro mirarte a los ojos veo un barranco y siento vértigo. Tu pupila es un precipicio marengo, la línea que da paso al abismo.

14. Pesadillas que llegan al despertar

Después de que me avisaron la muerte de Franz, fueron días y días con mi teléfono sonando en su habitación vacía.

Ahora no sabría cómo definir nuestra relación; una conversación pendiente, un final abierto. Pasábamos horas en su ático contemplando los cristales rotos de vecinos, las chimeneas tuertas, adivinando la vida que transcurría detrás de las ventanas iluminadas, hablando de esa otra superficie que se crea a partir de los techos irregulares, las tejas corridas, las antenas apuntando al cielo. O las caminatas por el parque, mirando los remolinos de basura y hojas, los obreros con sus maletines, y descifrando las pisadas grabadas en el maicillo. Tras el viaje, ese tiempo fuera de toda cronología que compartimos cruzando fronteras, invadiendo países, navegando mares. Algo cambió.

El silbido de la cañería del gas o tu cuerpo balanceándose como un bulto suspendido del techo por el viejo cordel de la ropa. O bien, tus muñecas rasgadas y hundidas en el agua caliente. Sobre el borde del lavamanos de loza, el metal manchado. No sé cómo fue –nunca lo quise escuchar–, pero te duermes después del último minuto de lucidez. Giras la llave y escuchas su zumbido hasta quedarte dormido. Dibujas una precisa y honda línea sobre tu piel. Jalas la soga o presionas lentamente el gatillo, manchando los azulejos. Todavía me dueles mientras duermo, cuando miro tu cepillo de dientes reseco sobre el borde del vaso. Mis huesos se visten de gusanos. Cierro la boca llena de miedo. Dormita en el contorno de mis labios la certeza de haberte perdido para siempre. Se me quedó adentro tu grito insonoro estallando en la garganta. No importa cómo fue, pero cierras los ojos. No te despides. Ya no estás.

Del ritual de despedida sólo recuerdo el sol de mediodía sobre las cabezas. Si levantábamos la vista, una intensa resolana teñía de blanco los bloques de piedra, los senderos de arcilla. No puedo olvidar el quejido de las ruedas del carro que transportaba tu cuerpo. El chirrido que interrumpía los pasos arrastrados de los que caminábamos por esa angosta huella. Me acerqué a ti haciéndome un espacio entre un montón de cuerpos sudados y te arrojé un puñado de tierra para llenar tu agujero en el pecho, para tapar el largo túnel que recorrimos juntos. Me quedé ahí unos instantes mirando la fosa y la tierra que se desmoronaba.

Cuando levanté los ojos, tú madre estaba mirándome fijo. Creo que preguntaba, sin decirlo, cómo había sido hacer el amor con su hijo. Más allá, los hombres se pasaban un pañuelo por las frentes. Reconocí los rostros consternados de algunos compañeros de curso. Incluso de lejos divisé a Sofía y no sentí nada. De tanto tironear mi blusa, de tanto sujetarme en mí misma, de pronto la tela se rasgó produciendo un sonido destemplado. Alguien me afirmó por la espalda desde ese momento. Caminé junto a ese cuerpo anónimo y firme hacia la salida, mientras tú te ibas quedando atrás, cada vez más distante. Durante el sendero de vuelta, hice una pira con todos tus recuerdos. Sólo guardé la última imagen de nosotros en la mesa del café. El fuego mordisqueaba lugares, situaciones, palabras. A veces me llegan ráfagas de polvo.

En esos días retomé la terapia. Hablé mucho en las sesiones, casi sin detenerme. No me permití dejar lagunas de silencio, como antes cuando permanecía los cincuenta minutos sin pronunciar una palabra. Relaté el viaje, mi pasado, la relación con Franz, su muerte, el encuentro con mi hermana, la distancia de mamá. Algunas veces, las claves se volvían demasiado herméticas. Comencé a llevar la libreta con sueños, para leer alguno de esos episodios en voz alta. Fui revelando secretos que había guardado hasta negarlos. Si me callaba, temía que todo se derrumbara. Salía de la consulta extraviada, dispersa, con la cabeza llena de luces que me cegaban.

–Sálvate. Todo se está hundiendo alrededor tuyo.

Esas fueron las últimas palabras que me dijeron.

15. Naufragio familiar

Sueño con mis padres. Papá camina por una playa con los zapatos orlados de excremento. Mamá va unos pasos más atrás; viste una enagua de nylon deshilachada. Se suben a una embarcación atracada a la orilla, navegan mar adentro. La calma del océano se interrumpe bruscamente y grandes olas se levantan de la superficie del agua. La pantalla se va a negro. La próxima imagen es un amanecer de desastre. Mamá es la única sobreviviente; está aferrada a unos restos, lucha por no hundirse sobre un pedazo de madera.

A la mañana siguiente me encuentro con mamá en una esquina. Han pasado diez años. Me duele su cabeza canosa, su cuerpo enjuto tan distinto a la figura voluptuosa de antaño. Ya no es la actriz de cine de caderas anchas, escotes prominentes y pestañas largas. Ahora soy más alta que ella y me incomoda mirarla hacia bajo. Pregunta por mi vida. Si me he casado, si tengo hijos. Respondo moviendo la cabeza de un lado para otro. Me cuenta que vive en un hogar de reposo. El ansia de cercar el tiempo que murió, de mirarlo a los ojos cuando una voz desde el comedor anuncia que es la hora de la cena y que se acabó la hora de visita. No menciona a papá.

Esa tarde se traslada a mi casa y ocupa la habitación de servicio. Mientras deshace la maleta, me muestra con orgullo una tarjeta para el día de la madre que le hice cuando tenía nueve años. Mi letra ilegible y las faltas ortográficas me hieren tanto. Intento reproducir esa ternura de corazones rojos y de *Te quiero mamita, feliz día*. No soy yo, es otra. No reconozco en mí ninguna sensación tibia, más bien un frío pétreo. Una extraña conexión se produce entre mamá y mi sueño. Ella le ha tomado fobia al agua, tiene pesadillas con marejadas, no se puede bañar en la ducha. Apenas roza el agua del lavabo para hacerse la mínima limpieza. Su pelo es una maraña, y su piel una capa de sebo mal oliente. Debo asearla con una esponja húmeda mientras tiembla entre mis brazos.

En las largas estadías que mamá permanece en cama, se dedica a tejer. La reconozco saboteada por los calmantes, con sus potencias estragadas. Urde con sus manos un paño de tramas complejas que evocan su historia. Infinitas hebras de lana que se traducen en esas prendas deformes: guantes con cuatro dedos, suéteres sin mangas, bufandas cortas. Se encubre un misterio en los pliegues de un trabajo manual de reveses y derechos que crean esas ropas irregulares, sin destinatarios. Ahí está el cuerpo nombrando sus penurias. El de mamá habla en sus manos artríticas, en las heridas transversales, en sus nódulos. Cuando le cuento alguna desgracia, repite que la muerte no es un accidente, sino que el acto más deliberado. Veo de cerca su muerte encerrada en frascos, en píldoras somníferas administradas todas las noches, en la boca de las botellas de vino que apoya en sus labios, en los contornos de las cicatrices por el paso del tiempo. No tolera envejecer. Borra las huellas de sus gritos en su cara. El poco dinero que ha reunido lo invierte en cremas de belleza para suspender su inminente deterioro.

Su cabeza me recuerda lúcida, hasta el punto de no registrar que hace un tiempo atrás me olvidó por un paréntesis de tiempo. Tal vez yo soy la que esta vez no la reconoce. Se crece callando, cerrando los ojos de vez en cuando, sintiendo de pronto mucha distancia con todas las personas. La certidumbre de su vejez detrás de un mostrador de posada. El rostro ceniciento de los padres que envejecen abruptamente. Nuestra primera cita fue de dos horas, nos dimos dos besos y dos abrazos (uno de llegada, otro de despedida), tomamos dos cafés, tuvimos dos verdaderas miradas. ¿A quién ves cuando me miras? Pero esta vez dijimos tres frases. Me confiesa que no soporta los domingos.

16. Diálogo sobre las tablas

Estamos a solas con mamá en un amplio escenario. Nuestros pasos se amplifican en los crujidos del piso de madera. Cada una entra por un costado distinto. Nos ubicamos frente a frente con cierta distancia. Ambas carraspeamos. Sostenemos unos papeles en la mano y hacemos lectura del texto escrito en ellos.

–Hija ¿me vas a querer cuando cumpla sesenta años?

(Pausa).

–No sé, tendremos que esperar juntas ese día.

Mamá se dirige a un auditorio indeterminado y señala con su dedo índice el horizonte de paredes oscuras.

–¿Por qué me miras de reojo? –dice sin moverse.

–Porque tengo miedo de que no me reconozcas. No sé si ves mi doble, mi par, mi sombra. ¿Cómo fue que volví a tu memoria?

–No lo sé bien. Junté dos mitades, quedó una fisura. Te reconstruí con un montaje de fotos. Con las historias que narraban tus hermanos, otras personas, hasta que un día apareciste ocupando un espacio vertical en mi mente.

–Negociemos nuestras realidades; sumemos o restemos el pasado y el presente.

—¿Te atreves a repasar nuestra fábula?

—Sí, pero debería ser una representación fuera de escena —asevera ella.

—Podemos hacerlo por medio de un mensajero, o de un coro; o tal vez un sueño, un relato épico —digo con ironía.

—¿Sabes? A veces pensé que no eras mi mamá.

—¿Por qué?

—Porque de niña nunca me peinabas.

Silencio.

—Dime, ¿cuál es la leyenda de tu personaje, su enunciado? —pregunto.

—¿En primera o tercera persona?

—Da lo mismo.

—"Yo me equivoco". ¿Y el tuyo?

—"Yo recuerdo" —afirmo.

—¿Qué lógicas operan en ti?

—Las de la memoria.

—Ahora, definamos a nuestro público.

—No importa. Son todos, son nadie.

Apunto a las butacas vacías. Fijamos la vista en nuestros papeles, mi madre los dobla y se acerca a mí.

—Dame un beso —ruega con dulzura y me ofrece su mejilla.

Me alejo. Mamá me interroga con un gesto amargo en su cara. Niego con la cabeza.

—Hay demasiadas ventanas —respondo.

Es la primera vez en esta escena que nos miramos a los ojos; las cortinas se demoran en caer. Mamá alisaba la falda, se componía la blusa, se retocaba al azar el pelo con la mano izquierda. Yo me encogía de hombros, abriendo y cerrando la boca ensayando unas vocales. Quedamos descubiertas ante nuestro rencor, sosteniendo una mueca desolada con el telón rojo de fondo.

17. Tres niños viejos

La llave del baño gotea hace días. Se infiltra con su sonido repetitivo entre los sueños, los pensamientos, la rutina. Es un ritmo punzante que se apoderó de nuestras conversaciones, de nuestros silencios. Estamos desayunando. Mamá teje bajo la mesa y de pronto sale de mi garganta una frase absurda, intempestiva, ajena.

–¿Por qué no llamas a Lorenzo? –digo.

Mamá queda muda; gira brusco hacia mí. Se caen los palillos, suenan metálicos en el piso. Por la expresión de sus ojos sé que no lo recuerda. Tiene bloqueado en su memoria el escándalo de los vecinos, los ocho meses juntos, su posterior muerte por pancreatitis, agonizando solo y sediento en la sala común de un hospital. El resto del día deambula silenciosa y lejana; se retira temprano a dormir.

A la mañana siguiente tocan el timbre. Miro por la ventana. A través de los barrotes de fierro del portón, adivino las siluetas esbozadas de mis hermanos. Han recibido mi mensaje. Paso por el baño para retocar mi peinado y encuentro vacío el frasco de calmantes. Entiendo por qué mamá sigue durmiendo. Abro la puerta temerosa, han pasado tantos años. Los rostros algo ajados, los cuerpos más gruesos. A Davor no lo había visto en dos décadas, ni fotos ni visitas hasta este encuentro repentino. Tiene una barba entrecana que lo hace ver mayor. Tiene los hombros redondos por el cansancio. No sé si abrazarlo. En cierta forma es un desconocido que ahora atraviesa el umbral de la entrada de mi casa. Adela se ha quedado más atrás y su cálido beso me recuerda el especial encuentro que tuvimos hace un par de años. Después de reconocernos y volver a sentir alguna proximidad, intento prepararlos.

–Mamá no está bien.

Asienten en silencio. Me siguen por el pasillo.

No sé qué habrá pensado ella cuando aparecimos los tres a los pies de su cama, cómo habrá configurado la geometría de nuestras cabezas gachas, pero sin tocarse. Nos mira para reconocernos; su cara toma una inusual expresión de dulzura. Intenta acomodarse el pelo sin mucho resultado.

–Mis tres niños. ... están tan viejos –dice con su lengua traposa.

Extiende sus brazos, pero quedan vacíos y en alto. Siento el roce fugaz del cuerpo de mis hermanos con el mío. Su gesto nos ha provocado un escalofrío a todos. Retoma los palillos y teje. Es tan absurdo el cuadro: la tríada inmóvil y ajena, ella trenzando un paño amarillo sin destinatario. Entonces aparece una antigua composición. Recuerdo esa vez cuando los tres estábamos tomados de la mano en la puerta, mirando cómo la ambulancia se llevaba a nuestra madre.

Vuelvo al lugar. El sombrío dormitorio, el perfil de Davor a unos metros. Un rayo de sol le cruza la mejilla. Paseo la vista por el sucio empapelado. Mas allá, dos espectros entrelazados. Adela sentada junto a mamá, mostrándole fotos de sus nietos. Propone llevársela por una temporada a conocer a esos niños que tienen sus ojos almendrados. Mamá acepta ilusionada moviendo sus mejillas vacías, sin dientes, sin lengua, reducida a una inútil caverna. Los días siguientes los pasan arreglando pasajes, trámites, maletas. Llega la fecha. Se van. Mamá me enviará el relato de sus enfermedades por correo.

Me enfrento a una nueva soledad. La gente deambula por la ciudad acompañada, en pareja, en familia, con un amigo. Juego a adivinar qué tipo de relación los une. Me tropiezo con algunos cuerpos. Me estrello contra una cadera prominente, una rodilla en movimiento. Camino en dirección opuesta. Voy sola, desplazándome contra el tránsito.

ACTO III

1. Ensayo general

Mi continente está aquí, en este teatro abierto sin paredes. Es este amplio escenario que cruzo extraviada. Miro el calendario. Faltan pocos días para la puesta en escena. Cada uno ensaya a solas para el día de la representación, donde armaremos por primera vez la obra completa. Se escucha un rumor tras bambalinas. Es el murmullo de los otros integrantes del reparto que leen sus parlamentos en su habitación y en forma simultánea. Se mezclan las voces de mis hermanos, de mi padre, de mi madre, de Franz, de mi tío, de un desconocido, la mía. Las vocales y las sílabas se raspan en sus gargantas y emergen en tonos afónicos, agudos, elevándose hasta el techo embovedado. Los personajes se escriben unos a otros. Mi padre toma la última frase que pronuncia Franz e inicia su monólogo. Franz repite una palabra que escuchó de mi boca y la empalma con la primera oración de Adela. Cada uno revelará su secreto.

Estudio el perfil de mi personaje encerrada en cuatro paredes. Repaso el parlamento que me dieron. Mira de reojo a la cámara, tiene ojos de hurón. Huye de su sombra y de sus pasos. No es de aquí ni de allá, por lo que ha fundado su patria en un cuaderno azul. Siempre lleva sus cosas en maletas o empacadas en bolsas de supermercado. Teme salir en los periódicos y que la envuelvan los carniceros. Duerme con sus largas pestañas apuntando el techo. Espera una llamada telefónica. Se le invierte el andén en el Metro, se le cambian las horas en el reloj. Vive fuera de plazo. Tiene la capacidad de estar en los lugares sin estarlo, de habitar lugares que no existen. Busca pareja para aprender a bailar tango. Si le piden que se desnude, siempre se queda con algo puesto.

Quisiera olvidarlo todo. Pero cada nueva experiencia rompe la coraza y dispara un antiguo recuerdo. Hay embriaguez en una antigua historia que extravía los sentidos. Cierta métrica de dos en dos hace más doloroso el pasado. Me asusta que el guión coincida con la vida. La radiografía de mi carácter me obliga a ser más audaz de lo que soy. Enfundada en esa otra identidad me siento libre, capaz de superar mis miedos. Pruebo otros límites que no rozo cuando estoy fuera de mi papel. Y son esas otras fronteras inimaginables las que me hacen temer el final.

Estamos, todos los personajes de esta historia, inmersos en una continua pausa dramática, repleta de acotaciones. Cada uno ejerce un movimiento, da una nueva textualidad a su papel. Revisamos nuestro drama personal dentro de esta obra más amplia. Conviven puntos de vista, son diferentes los actos y las personas que cada uno deja dentro y fuera de escena. Múltiples subtramas se entrelazan hiladas para un auditorio indeterminado. Todo actor se detiene en un tiempo específico de su historia. Yo me detengo en el viaje con Franz, en ese viaje en barco y en la llegada diferida. En ese agujero en el pecho que terminó siendo un socavón en la tierra. Mis hermanos se detienen en la muerte de su padre. Adela está aprendiendo a escribir y redacta para el colegio una composición que se titula *No está.* Davor da sus primeros pasos, pero se detiene en la entrada de una habitación. Papá se paraliza en el encierro del sótano con las catorce latas de comida. Mi madre se estaciona en el momento que perdió esos dos dientes.

Avanzamos en círculos concéntricos hasta cerrar ese hueco que habitamos a solas. El destino es un cuarto amplio lleno de ecos. Ahí podremos impostar nuestra voz, amplificarla en un bis para decir nuestro estudiado parlamento. Nos preguntamos quién improvisará fuera de texto. El camino al escenario es un laberinto. Por eso cada uno parte de un extremo opuesto tomando la punta de un ovillo de lana. Una madeja enganchada al cinturón se desenreda tras las monótonas pisadas dibujando una ruta de ida y vuelta. En ese espacio cerrado esperaremos el día del estreno. Mientras tanto, recorreremos el dédalo acariciando sus paredes. En cada esquina de la construcción tememos encontrarnos con otro personaje que altere nuestro destino. Hilos de colores dibujan el camino de vuelta a la plataforma común. Es así como después de perdernos en estos pasillos durante tantos días, atravesando galerías y túneles, podremos encontrarnos en la fecha prevista sobre las tablas.

2. Marcha de sobrevivientes

Hay un rumor de motores, una banda de aviones aterriza en el patio. Me asomo a la ventana, sólo veo manchas verde pardo; prefiero seguir contando las flores de mis sábanas. Mis pasos ciegos tambalean en esta fuga circular. Laten los campos minados que me hacen correr en múltiples rumbos. Se cuela la rotunda luz del verano que recorta figuras donde se adelgaza el sol. Me detengo en la gente enlutada sin facciones.

Camino por la vereda soleada. *Señorita, deme una moneda por favor.* Estiro mi mano al mendigo que me observa boquiabierto. Huelo su cuello y aspiro la humedad de sus noches envueltas en cartones. Pasa cerca un perro, grito en sus largas orejas, asusto a su dueño que va leyendo un libro. Mamá y sus gritos: los recuerdo, los escucho. Se reproducen en una cinta que retrocede y avanza en mis oídos. La grabación es infinita, gira en banda sosteniendo la misma nota alta. Bombardeo de vocales, consonantes, letras desfiguradas agolpándose en mi cabeza. Grito, aullido, descomposición de sonidos que se repliegan en el lenguaje más primitivo. La mujer violada, el bebé con hambre, el fusilado de guerra, el hombre que cae pisos abajo, mi madre bailando conmigo en el salón. Todos coinciden en la misma mueca, en la deformación de su rostro, en el óvalo de su boca, en el más abierto y cerrado de los sonidos.

Cuando mamá gritaba era un punto cero, un recién nacido; no era mamá. Su belleza se resumía a un par de trazos. Ahora su grito diferido desfigura mi soledad, penetra mi cuerpo adulto. Me hace volver al origen. Su expresión afásica se extiende ondulante por las calles, las esquinas, los semáforos. Intento escapar de esos alaridos. Corro por la ciudad, pero todo espacio está atravesado por un clamor incesante. A veces es un aullido agudo; otras, una expresión quejumbrosa o un ronco alarido. La vida es oblicua, y yo camino en diagonal todos los días hacia el trabajo. Si escucho algún sonido atemorizante en la calle –el freno de un automóvil, la bocina de un bus, la exclamación de una mujer– no lo resisto, tiemblo y me tapo los oídos.

Miro de reojo los noticieros, evito leer los titulares del diario. El actual conflicto del país de papá está siendo proyectado todos los días en la pantalla de dieciocho pulgadas. Estoy en un estado de constante duelo. Lo acompaño en su batalla interna que se traspapela con la de afuera. Todo ocurre en dos escenarios simultáneos. En el país de papá los cadáveres se apilan hasta el cielo. Ahora llevamos la misma pesadilla palpitando en el iris. La idéntica lista de nombres pronunciada entre dientes. Quiero ser la francotiradora de sus fantasmas. Antes fue la marcha de las botas negras desalojando los hogares. La marcha de los trenes en dirección a los campos. La marcha de los oficiales ordenando el fusilamiento. La marcha de los sepultureros hacia las fosas comunes. La marcha de los aviones bombardeando las aldeas. La marcha de papá de la mano de su madre escapando a un continente sin guerras.

Mi marcha es distinta. Marcho por las calles temiendo que me lleven presa. Saco carné de identidad una vez al año. No acabo de encontrar algo cuando ya he perdido otra cosa. Me gusta mirarme a través de las ventanas; sobre mi cama hay un cuerpo cruzado. Marcho por la ciudad consultando el diccionario. Marcho perdida en mis laberintos, con los cordones de los zapatos desamarrados, con el bolso abierto. Marcho insomne, en estado de vigilia, ensayando un paso que papá me enseñó hace años. Y mientras marcho, alguien me venda los ojos.

3. Papá vuelve a tener nueve años

En el país de papá los cadáveres se apilan hasta el cielo. Papá mira otra guerra en el televisor. Ha vuelto a tener nueve años, pese a sus seis décadas. Las arrugas de su rostro se contraen frente a cada bombardeo. Los tubos fluorescentes de la pantalla pasan la misma película de su infancia: disparos invisibles, esquinas desoladas, gente que corre desorientada. Es un televidente condenado por la inmediatez de la historia. Siente un apego visceral a lo que dictan los acontecimientos de su continente. Busca la programación que hable de su angustia oculta de niño, y que el resto del mundo sólo leyó en las enciclopedias.

Su remota ciudad se hace presente en la cuarta pared del televisor. Vemos los cristales rotos del suelo de las guerras. Un mosaico donde crujen las pisadas temerosas de sus residentes y las tajantes botas de los soldados. Papá permanece días frente a la pantalla intentando que no se le escape ningún hecho. Mientras duermo, él se desvela observando la transmisión en directo de los canales extranjeros, superando el huso horario, la distancia geográfica. Presiona el selector de canales persiguiendo las mismas escenas. Cuando debe salir de casa, deja grabando en cintas de video la huincha transportadora de cuadros bélicos. Esta vez es un testigo simultáneo de la guerra que los protagonistas están viviendo. No hay más mediación que el circuito cerrado, la antena parabólica. El satélite capta infinitas imágenes y las proyecta con su frialdad digital.

El gemelo de papá está en ese otro continente. Durante la guerra sus cartas se espacian más, tardan meses, algunos sobres llegan abiertos. Las llamadas telefónicas se cortan en un *aló* distante que nos llena la cabeza de ecos. Logramos dormir tranquilos porque él reside en una isla desconocida, donde se escuchan a lo lejos las explosiones. Nuestra relación epistolar se había quebrado después de tantas negativas a los cobros. Mi vida transcurría de golpe resbalando de una cosa a otra. Sólo fueron quedando las pesadillas de esas siluetas que me susurraban cosas en otra lengua. Soñaba con sus sobres de caligrafía cursiva pasando a través de la reja, pero que luego el cartero retiraba porque nunca tenía el dinero para pagar la cuenta. Mi mano quedaba extendida y vacía.

Retomamos nuestro lugar frente al televisor. El trípode permite fijar el incendio de los campos, y después los antebrazos de los muchachos con su grupo sanguíneo escrito. Los niños que miran con un dolor que no entienden. El plano medio se abre y nos adentra en un flujo vertiginoso: sangre salpicada en las paredes, los pasillos con colchones, un diente incrustado en la pared. Un periodista relata los hechos de las últimas horas parado en la avenida donde vivía papá. Detrás de su voz modulada se mezclan los ruidos de guerra en las pistas de sonido. La cámara encuadra los cerros que papá escalaba de niño los fines de semana. El primer ángulo se cierra, ahora vemos la fachada de su casa, una ventana, una cortina que se mueve.

Esa tarde papá ve en el noticiero cómo se derrumba la casa de su infancia, a miles de kilómetros de su actual residencia. Ve explotar las ventanas por las que miraba empinado hacia el parque vecino. Unos segundos más tarde, el lente fija la desintegración de la esquina que sostenía la construcción. Se desencaja el marco de la puerta que tantas veces cruzó. Se incendian paredes y ventanas, cortinas y alfombras. El fuego enumera cada una de las partes, ordena los recuerdos. Las tardes jugando cartas sobre el piso, el tranvía que pasaba bajo su balcón. Las llamas individualizan momentos. La nieve que caía todos los inviernos, la conversación que escuchó escondido en el rellano de la escalera, el escondite entre las catorce latas de comida, el techo desde donde vio partir a su padre. Papá toma un trago, cierra los ojos y siente frío. Comienza a sollozar. Vuelve a tener nueve años y ahora soy la madre que lo rodea y lo mece en brazos.

—Es tan cruel. No la mires, tapémonos los oídos, vendémonos los ojos —digo.

Son los mismos lugares que se incendian una y otra vez, cubriéndose del mismo polvo, pero de otros muertos. Papá dormirá en mi casa hasta que se acabe la guerra. Apago el aparato. La guerra se diluye en un rayo negro que pestañea fugaz en la pantalla. Prohíbo a papá ver televisión.

4. Índice telefónico

Nos hemos reunido a cenar con mis compañeros de facultad. Por diez años ellos han quedado reducidos a una letra de la agenda telefónica. Cada vez que se abre la puerta del lugar intentamos adivinar quién llega. El que está en el umbral en un principio no nos ve, recorre a ciegas el salón hasta hacer una seña y aproximarse a donde estamos. Es un instante de vértigo, donde se asocia una nueva imagen con un antiguo nombre.

Llegué temprano. No es mi costumbre. Di varias vueltas antes de entrar al lugar. Estuve toda la tarde probándome vestidos, pantalones y chaquetas. ¿Cómo quiero que me vean? Antes de salir me miré en el espejo de la entrada, me vi distinta. Tras cerrar la puerta, metí la mano en la cartera para tocar la foto que acostumbro llevar.

Estamos sentados en una mesa larga. Sobre el mantel hay varias botellas de vino. La alternativa es vernos iguales o distintos. Nos hacemos preguntas ida y vuelta. Hemos preguntado cuándo. Hemos preguntado por qué, cuál, cuánto. Hemos preguntado cómo. Hemos preguntado dónde, qué y en qué. Sé que es para adivinar quién ha llegado más lejos y contrastarlo con las expectativas de ese entonces.

Nos pesan los éxitos y los fracasos de los otros. En el curso de la cena brotan todas las edades en sus caras, la torpe infancia, la adolescencia y sus pústulas, los gestos duros de la primera adultez. Aparecían y desaparecían por la misma dejando una rendija de luz bajo la puerta mal cerrada.

Es inevitable hablar de Franz, él no vendrá esta noche. Nunca volveremos a ser doce. Cada uno tiene su interpretación de los hechos. Les incomoda hablar de él conmigo. Todos sabían de nuestra hermética relación. Sé que su muerte causa a todos una reacción distinta. Marcos siente culpa, era su mejor amigo. Felipe experimenta un alivio indecible; siempre se desafiaron. Sofía prende un cigarrillo tras otro; sé que aún lo llora. Todavía le tengo celos; apenas la miro. Se esconde tras su nube de volutas de humo. Jaime está confundido y triste; se llevaban mal, pero eran tan parecidos. Mónica, Sandra y Paola, sé que lo sienten; lo admiraban, lo querían mucho. Roberto es un misterio; nunca expresa nada y una vez más no sé qué piensa. Analía me mira con sospecha, como si yo hubiese podido evitar su muerte.

La cena de adultos comienza a adquirir el ritmo juvenil de la sala de clases. Poco a poco nos vamos despojando de nuestros trajes y caras serias. Como siempre, Marcos tomará las riendas de la fiesta. Él existe bajo la mirada de los otros. Ya no nos engaña: nosotros lo iluminamos. Solo es nadie. Al poco rato nos habrá hecho reír, repitiendo las anécdotas de siempre. Después, con Felipe, imitarán a nuestros profesores, hoy todos jubilados. La cojera del profesor de filología, la voz aguda de la maestra de teoría. Hablo algo, le hablo a Sofía sin mirarla. *Vamos. Escucha, Sofía: el tiempo mantiene todo intacto: rencores, amores y envidias; si nos miramos a los ojos, silenciamos tantos secretos compartidos.* Alguien ríe fuerte. Alguien se lleva la mano a la boca. Alguien tose. Alguien da vuelta una copa sobre el mantel. Alguien mueve la silla. Alguien mira el reloj. Alguien se para. Alguien cierra los ojos. Alguien prende un cigarro. No recuerdo quién.

Tras este encuentro cada uno quedará detenido en ese tiempo regresivo. Permaneceremos inmersos en un halo ausente hasta que el flujo de la contingencia nos obligue a embalar estos recuerdos. Nos vamos desprendiendo de esa noche. Uno a uno se irán plegando los nombres al índice telefónico hasta la próxima reunión. Al despedirnos prometemos llamar más seguido. Varios se despiden de mí con un cercano abrazo que leo como un rezagado pésame.

Me desvisto a oscuras y siento la ropa impregnada de tabaco. Antes de acostarme beso la imagen en blanco y negro de Franz. Hundo su recuerdo hasta que desaparece a través de mí en una ráfaga de viento, en un incidente diurno. Cuando estoy demasiado cerca de Franz él me empuja de vuelta al mundo. Lo mato dentro de mí, mato su cuerpo en otro cuerpo. En otros hombres que se llaman distinto. Me alejo de su boca, desato mi pelo de la mano que lo recoge. Borro las huellas dactilares tatuadas en mi espalda. Desprendo su imagen de mi retina, desdibujo la línea entre mis pechos. Se evapora el sudor de su vientre. Entonces, el golpe del somnífero, los ojos ciegos, mi sexo obturado.

5. Anoche terminó la guerra

Anoche terminó la guerra. Llegó a su fin el espectáculo que presenciábamos en la pantalla. Terminó la guerra, lo anuncia el presentador de noticias. Papá brinda con una copa de vino. Lo repiten en los programas envasados, en el intermedio de las películas, en los comerciales. La imagen congela al verdugo que queda con sus brazos en alto por la instrucción del superior. Y papá abre la segunda botella de alcohol. Nada queda en pie, la ciudad está en ruinas. Los oficiales se revuelcan en el suelo, invadidos por un ataque de pánico. Los refugiados caminan desolados por los corredores del nuevo país que se ha formado. Se miran los zapatos que pisan otras fronteras. Transitan temiendo una represalia sorpresiva, miran de reojo distinguiendo aliados y enemigos. Papá ve borroso, lee en voz alta la etiqueta de la botella.

Papá brinda, inclina la última copa hasta vaciarla con los ojos húmedos. Maldice a los generales que desfilan por los campos. Su lengua tropieza, ya no modula. Entona un nostálgico discurso. Sus ojos quedan fijos en los pliegues de las banderas que flamean en la pantalla. Ahora papá nació en un país que ya no existe. Su nacionalidad es de fantasía, su pasaporte es de una república inventada. Su patria se ha fragmentado; distintas lenguas conviven para nombrar lo mismo. Debajo de las calles laten los refugios subterráneos. El mapa que trazaba a mano alzada ahora es un dibujo cualquiera. Papá está condenado a emigrar, a buscar siempre una patria que lo acoja. Abre su agenda llena de nombres tarjados. Cada año son más, cada vez está más solo. Lee algunos de esos nombres en un murmullo, cuenta a sus vivos. Pienso en mi índice telefónico y en ese único nombre que he borrado.

Esa noche voy a dejar a papá a su casa tras haber visto todo el día por televisión los hechos del otro continente. Insiste en conducir. Está eufórico, descompensado. No me atrevo a contradecirlo. Recuerdo las calles paralelas que formaban un rayo continuo; sólo veo formas, líneas, corridas de árboles, franjas amarillas. El rugido del motor, el embrague, el tercer cambio. Papá habla algo que no entiendo por esa dicción enredada. De pronto una esquina, un semáforo, una luz que se expande y penetra en los ojos. Una sensación a ras de neumáticos, enmarcada por bordes cromados y un horizonte de techos. Después, un conjunto de rostros anónimos que nos miran desde la vereda. Una voz por radio habla de un hombre destrozado contra el volante. Es mi padre. Silba el viento y ruedan piedras por la calle.

La vida de papá se desvanece entre luces y fierros el mismo día que termina la guerra en su país. Se limitó a quedarse tumbado, vuelto hacia el techo del auto. Una claridad oblicua, anaranjada, se estrella en la bruma y se acerca a un halo de miríadas de partículas suspendidas. Vuela una bandada de pájaros cada uno en una dirección distinta. Conflictos transcurriendo en escenarios paralelos que, esta vez, se encuentran y me atraviesan.

6. El silencio de las desgracias

Una manada de caballos cruza la línea anaranjada del horizonte. Sus pisadas levantan fuego y agua. Sus crines flotan en el viento. Escucho el ruido rítmico de su galope. Los cuerpos de los potros se abalanzan sobre mi figura que yace en la ladera desértica de un cerro. Mi cuerpo se encoge de miedo, no me puedo mover, los caballos se acercan cada vez más. Intento levantar los brazos y taparme la cara. No puedo. Continúo inmóvil, pegada al suelo, oyendo sus pisadas simétricas. De pronto todo oscurece. Silencio. Siento las patas de los animales corriendo sobre mi cuerpo anestesiado. Quiero gritar, apenas logro separar los labios. Sus pasos no duelen; son un peso mudo, inexacto. Me ahogo con la tierra que levantan, mastico polvo, toso. Intento tragar saliva. Mi lengua recorre las encías agrietadas. Me pesan las piernas; el antebrazo es una piedra rígida que cae a un pozo. A lo lejos, envuelta en una nube, reconozco a una mujer que me sujeta antes de caer al vacío. Con dificultad abro los ojos: es la enfermera que me inyecta el primer calmante de la mañana.

Al recuperar la conciencia me pierdo en el marco de la puerta del hospital, en todos los umbrales que he cruzado.

Recorro la habitación, las paredes blancas, la ventana que da a las montañas desiertas. Miro el monitor y sus líneas ascendentes y descendentes que diagraman mi estado vital. El reverso de mi palma está clavado por catéteres, mi cuerpo cruzado por sondas que transportan líquidos viscosos. Siento el paladar amargo, la boca llena de saliva. El médico anota unas cifras, me toma la temperatura. Dice que me estoy recuperando.

—¿Y papá? —pregunto temerosa, intuyendo la respuesta.

El doctor niega con la cabeza. Le pido que me deje sola y que prohíban las visitas.

Cuando ocurrió el accidente, reconocí el instante mudo de las desgracias. El silencio devastador de la esquina desencajada y los fierros retorcidos. El parabrisas era un mosaico de vidrios en cuyo revés yacían nuestras sombras. Las siluetas quietas, sostenidas en un equilibrio fugaz. Una bola de fuego pasaba por encima de nosotros, dejando una estela de imágenes. Un universo de sirenas mudas y cristales ciegos. No supe del tiempo que transcurrió, ni de la ambulancia que me transportó, ni de la ceremonia a la que no asistí.

Lo primero que hice al volver a mi hogar fue tapar los espejos con sábanas y encerrarme en el baño. Repasé con mis dedos el vanitorio, me senté en la taza, recorrí los bordes, la loza. No había suciedad, ni pelusas ni residuos de excrementos. Papá no podría tolerarlo. Tiré la cadena, me quedé hipnotizada en los remolinos de agua. Visité la habitación donde alojaba reconociendo la sensación de pisar territorio ajeno. Registré los cajones hasta encontrar los cuadernos con listas de comestibles. Abrí la despensa. Alteré el orden de los alimentos. Cambié de ubicación los paquetes de arroz, los tarros en conserva, el saco de azúcar, las cajas de leche. Un caos de bultos y envases quedaron cerrados bajo llave.

Encontré los siete juegos de diario en la entrada. Los ejemplares estaban cubiertos de tierra, con las puntas dobladas y la tinta corrida. Tomé el alto de papel, leí los titulares, las portadas. Pensé en el hábito de papá. Abrí un periódico, el del martes. Ese fue el día del accidente. La noticia central no daba ninguna pista del suceso. El segundo, el del miércoles, estaba lleno de tierra como si hubiese sido enterrado con papá. El del jueves era blanco, la tinta gastada, el papel tieso. Pasé la mañana detenida en los informativos. Me salté la sección de obituarios. Mientras consumía estos hechos, intenté reproducir la fórmula de papá para evadirse de la realidad. Pero esta vez era para olvidarlo a él.

7. Mis palabras son un grito en la hoja

Tomo el álbum de fotos familiares, avanzo por las páginas a medida que mi figura le roba espacio al fondo. Mientras escribo estoy inmersa en este ejercicio, fascinada por el horror y la tristeza que recreo. Mis palabras son un grito en la hoja. A medida que escribo sobre mi vida dejo de formar parte de ella; voy creando otra existencia entre líneas.

Estoy de regreso en la calle y en la rutina después de permanecer siete días encerrada despidiendo a papá. La mitad del tiempo en el hospital. El afuera me parece una amenaza. El ruido de la ciudad entra en torbellinos por mis oídos: el rumor del tráfico, las bocinas de los autos, las voces multiplicadas. Me encandila la luz del día. La vorágine de los transeúntes me marea, me desestabiliza los pasos. Leo los anuncios en la vía pública como si fuera la primera vez. Siento que este es un lugar que no conozco, donde sus habitantes hablan un idioma que no entiendo.

Miro a los otros como pasajeros de un viaje distinto. Tomo el último vagón, nadie va a donde yo voy. El dolor ha bajado y me recorre las piernas. Me voy vaciando de todo eso que ocurrió, trayendo al presente hechos que no tengo claro si sucedieron realmente. Escribir lo que se va callando. Mis palabras clandestinas trepan por mis cuadernos. Se amplifica la voz metálica y ausente de papá en las paredes de la habitación. Yo, escindida en miles de pedazos. Tengo el diafragma lleno de ira. Piso el pavimento caliente. Cierro los ojos para capturar la voz balbuceante de la ciudad. Aprisiono en un solo haz el inmenso puñado de seres anónimos.

Me conecto con el techo, quedo hipnotizada entre la ventana y el horizonte de los cerros. Beso el vidrio, acaricio la imagen que proyecto. Soy el vehículo de ese momento que resuena en mi memoria. Veo mi cara de niña. Visto un traje que usé para mis doce años. El vestido se comienza a incendiar: los pliegues, el ruedo. Las llamas entran por los bolsillos. Arde el falso, los encajes, los botones, el cuello almidonado. Y ahora estoy arropada de cenizas, jirones de trevira. Mis raíces se mueven con el viento. Hace tiempo que salí de la procesión. Salgo de una puerta y no sé si ir a la izquierda o a la derecha. Busco voces de otros para llenar mi corazón de tambor. Tacatacatá. Estoy detenida en mi propia existencia. Estoy deshabitada. Los mapas no cruzan mi territorio.

Pienso que ha llegado el momento de hacer el camino inverso. Dejar de viajar por las postales de la pared grisácea. Terminar de recorrer con los dedos el paisaje en relieve de papel y fotos descoloridas. Mi personaje reclama un nuevo giro dramático. Emprendo mi propia marcha hacia ese otro continente de orígenes y desencuentros.

8. Viaje al otro continente

Ahora que papá no está, quiero revivir su pérdida en la imagen asimétrica de su gemelo. Vuelvo a escribirle a mi tío, después de muchos años, para anunciar mi próxima llegada a ese otro continente. Buscar al hermano de papá es caer en un pozo infinito. Intentar descubrirlo en el reverso de una foto, entre las líneas de sus relatos. Imagino el diálogo para cuando por fin nos conozcamos. Lo copio en una libreta, lo vuelvo a inventar, lo ensayo frente a la mitad de un retrato de mi padre.

Mi pasaporte. Volver a ver mi cara de veinte años, cuando viajé con Franz. Transitar por la autopista a medida que el paisaje se enmarca en la ventana. Hitos mudos, árboles y carteles con cifras se despliegan mientras avanzo hacia el aeropuerto. El sol inclinándose hacia la izquierda de la ruta. Es la hora más roja de la tarde. Tantos años escribiendo sobre este viaje, y ahora comenzar a vivir esta travesía mientras iba dejando de escribirla. Aprieto en mis manos las postales que acaricié por mucho tiempo. En mi cabeza aparecen Franz y papá. Lleno con cruces el formulario, la voz por altoparlante anuncia la salida de mi vuelo.

Me estoy acercando al origen, a las brumas de un comienzo que es el principio de un fin. Siento desazón cuando soy el testigo tardío de todo este desamparo. Camino por estas calles fantaseando con la figura de papá niño en las esquinas. O cuando miro a cualquier chico que juega dándome la espalda. Sé que estoy buscando a ese pequeño de nueve años para impedir que viva todo eso que le sucedió. Recorro plazas y miro sus juegos armados con desechos de guerra. Sus mecanos didácticos construidos con una granada fallida, sus castillos coronados con balas. Interrogo sus rostros de ojos claros y color aceituna. Quisiera abrazarlos para proteger sus menudos cuerpos, para aminorar el daño que ya les han causado. Me contengo, avanzo hacia el puerto cargando mi maleta. Viajo hasta allá para mirar lo que sus ojos ya han visto.

Antes de embarcar a la isla donde vivía el gemelo de papá quise hacer una pausa. Me dirigí a un almacén que divisé en la esquina. Reinaba esa hora muerta de las tres de la tarde en verano. En la puerta del local sentí muchos rostros observándome, en especial el del hombre del mostrador que tenía una pierna ortopédica. Le pedí algo para beber. Para hablarme guardó la dentadura en el bolsillo de la chaqueta. Había adelgazado tanto en los últimos años que ya no le encajaba bien. Sólo le había crecido peligrosamente el hígado. Los ancianos me sonreían con encías rojas y ojos de vidrio. Los niños derretían trozos de hielo en sus bocas. Apoyada en el mesón, bebí un refresco mirando la pared. En mi espalda sentía las múltiples historias que iban tejiendo los personajes de este rincón perdido del mundo. Esas personas se habían olvidado de sí mismas. Todo extraño, como yo, constituía la pieza ausente para fantasear un nuevo rompecabezas. Era una extranjera, aunque mis rasgos me asimilaban a ellos. Incliné el vaso en mis labios. Un pequeño hilo de agua se desvió hasta mi cuello. Estaba entre las personas a las que creí pertenecer. Pero palpé la distancia, la diferencia. Yo no llevaba la guerra escrita en la cara.

Una ciudad donde crecía la yerba entre los pisos de los edificios, en el hormigón de sus calzadas.

9. Encuentro con mi otro papá

Hay un niño. Sus delgadas piernas flotan como muletas bajo los pantalones. Pienso que es el último niño que queda. El último niño y no hay más. Sus uñas tienen tierra. Ha jugado a la guerra en el patio. Le pregunto su nombre y su edad. Se llama Erick. Me enseña nueve dedos.

Le muestro el papel con la dirección de mi tío. Me indica una plaza de la que sólo veo una arista. La curva de la calle se precipita cerrando mis pasos, desestabiliza mi recorrido lineal. Cruzo una puerta de arco, observo la gran superficie de ángulos rectos de la plaza interior y me detengo. Los relojes empotrados en la cornisa registran la hora de otro tiempo. Me provoca cierto agobio atravesar esta ciudad amurallada. ¿Cómo será él? ¿Cuánto se parecerá a papá? Miro al frente y, pese a la miopía, reconozco en el otro extremo la silueta del gemelo de mi padre.

Un contenido abrazo, un beso en el aire. Confundo su imagen con la de papá. Me asombro con su obvio parecido. Lo miro demasiado fijo hasta incomodarlo. Identifico las tenues diferencias. Era necesario delinear el otro perfil. No escucho cuando me pregunta cómo estuvo el viaje. Él se me desdobla. No me doy cuenta cuando carga mi maleta con gesto vigoroso. En el trayecto a su casa voy caminando un poco más atrás que él. De espaldas los podría confundir. Ese caminar rígido, la cabeza gacha. Pero sé que si gira me encontraré con otra semblanza.

Tomamos un café sentados en la terraza de su viejo apartamento. Vive solo. Estamos tensos. Después de cada sorbo sonreímos y miramos hacia el mar. Me indica la torre que siempre veía en las postales. Escuchamos el tañido de las campanas. Me llama la atención la colección de perros de loza que tiene en su balcón. Sé que habla a estos perros que compró por catálogo. Sé que ha bautizado a cada uno de estos canes. El pastor inglés se llama Jack. Los saca a pasear por turnos en sus bolsillos. Repara con pegamento sus orejas rotas. Es tarde, entramos a la sala de estar. Hay fotos familiares en las mesas, en las repisas. En una de ellas aparecen los dos gemelos apoyados en una silla. Visten trajes cortos, comparten un rictus de desazón. En otra imagen está mi abuela con un sombrero y una maleta; hay un barco de fondo. En la foto de al lado mi abuelo posa vestido de militar. En la siguiente, su hermana mayor tiene en brazos un bebé que es mi padre. Después, los tres hermanos dicen adiós con las manos. En la de abajo, papá ríe y está hundido en la nieve. Más allá hay fotos de grupos de personas en fiestas, paseos; despidiéndose en estaciones de trenes. Alabo estas fotos de familia. Él responde displicente que son una colección de familiares consanguíneos que le escriben una carta de vez en cuando.

Siempre pensé que haría este viaje con papá. Me lo imagino mostrándome su ciudad de infancia. Llevándome a su escuela, al parque donde jugaba, al centro de la ciudad. Ahora voy a recorrer las calles con mi otro papá, su doble, su rival. Mientras caminábamos, pensaba en la paradoja del oficio de mi tío: cuidar tumbas cuando desconocía dónde estaba enterrado su propio padre. Un muro de piedra tallado con nombres se erige en medio de la plaza central. Ese volumen intenta fijar la ausencia de sus cuerpos. Ser el último destino de las víctimas. Tatatatá, tatatatá, es la música de las ametralladoras, la melodía que se escucha aunque no suene. Un mendigo se mira en un pedazo de espejo. Quizá le pide limosna a su propio rostro. Se cepilla lo que le queda de dientes. Los nombres de los cuerpos disgregados de este país que ha sido azotado por nuevas guerras. Y entre todos esos nombres, el nombre de mi abuelo. Tatatatá, son las notas que ahora suenan en mi corazón.

Llevo varias horas pensándolo. Hablo. *Necesito que me cuentes algo sobre la muerte de tu padre, de mi abuelo. Papá nunca pudo hablar de eso.* Respira profundo, mira lejos. Ahora él habla. En mitad de la noche golpean la puerta. Su madre les pide que se escondan en el armario y ella baja la escalera. Unos segundos después, el grito de su madre subiendo hasta el segundo piso donde se encuentran los tres niños arrinconados, temblando en medio de las latas de comida. Los catorce tarros también se estremecen. Y ese alarido sostenido por la garganta de su madre evidencia la sentencia irrevocable. Después, la venta de todo lo que tenían: joyas, alfombras, cuadros, ropa. Para obtener dinero y escapar a un lugar sin guerras. Su tono de voz cambia. Me advierte que me va a contar una amarga historia que empezó como un juego.

Los gemelos comenzaron a robar para ayudar a su madre. Durante la guerra hay tanto tiempo libre, sin escuelas ni lugares abiertos. Ambos recorrían la ciudad y le iban quitando pertenencias a los muertos que yacían en las calles. Argollas de oro, relojes, plumas, monedas. Casi nunca miraban los rostros de esos cuerpos cubiertos por periódicos. Cada vez debían ir más a las afueras porque no eran los únicos abocados a estas pesquisas. En una oportunidad mi padre tomó un reloj de cadera que, al limpiar, le resultó familiar. Era un aparato con números romanos, esfera gris y con un largo hilo de plata rematado en un par de iniciales. Era el reloj de su padre. Tic tac, tic tac, tic tac. Papá salió corriendo y no habló por días. Tic. Mi tío destapó ese cuerpo y miró esa cara con la que sueña todas las noches contra el colchón. Tac. Escuchó en su casa que hay que enterrar a los muertos y no dejarlos sufrir al sol. Tic. Regresó al día siguiente. La calle estaba despejada. Tac. Cuando termina el relato, noto mi pantalón húmedo, las rodillas heladas y mi abdomen hinchado. Tic. He comenzado a sangrar. Tac. Contraigo los muslos pero esa lava tibia fluye sin cesar. Tic. Nuevamente mi cuerpo no obedece y cumple el dictamen de su erosión. Tac. No quiero ser portadora de una sangre que tiene que ver con la muerte de mi abuelo. Tic. Siento tanto temor de que mi tío lo note. Tac. De que, de pronto, también él golpee la mesa y prohiba la sangre en su casa. Tic. Pienso, en qué pasaría si escribo con ese líquido su nombre y el mío sobre los azulejos. Tac. O si pinto este país con mis diez dedos rojos. Tic. Él ha robado a los muertos, tal vez puede succionar mi sangre. Tac. Pero quizás no puede escupirla. Tic. Bajo la cabeza, recojo las manos sobre mi falda y miro el piso. Tac.

Me paro y salgo de su casa por un largo rato. Llego a una estación de trenes deshabitada. Bajo del andén. Hay un vagón detenido. Imagino que es la estación con la que soñaba papá. Veo los rostros perdidos de los niños, la mirada ausente de las mujeres, la espalda encorvada de los hombres. Son cientos, son miles que abordan los vagones, los veo alejarse haciéndome señas con sus manos que se asoman por estrechas ventanas. Piso la vía de madera, miro el solitario carril. Los contemplo hasta que la oscuridad de un túnel se traga las últimas figuras y una locomotora humea. Comienzo a andar por los rieles. Rápido, pisando el terraplén, torciéndome los tobillos, enredándome en los tarugos. Corrí, corrí y los pies se me llenaron de gritos.

10. Surcando la noche

Me despido del gemelo de mi padre. Bocas que manipulan la forma seca de un beso.

Mi tío se queda parado en medio de la calle.

Voy leyendo al revés.

Llevo los ojos abiertos de quienes parten.

Describir el paisaje para contar el drama personal.

La sensación de estar enhebrada a una aguja que borda aquella letra que me falta. Enfoco la mirada en grano angular sobre los campos de trigo.

Quince minutos en línea recta, bordeando la zanja, entre ortigas y las espigas movidas por el viento.

Una larga caída sin aterrizaje.

Llevo conmigo los libros condenados al exilio.

Voy surcando la noche de este otro continente en un automóvil veloz, con mi cara de niña, con mi cara de adulta; contra la fría ventana trasera.

11. Epílogo de viaje

De regreso del viaje a este continente, el Atlántico vuelve a poner las cosas en su lugar. Siento que, hasta este momento, mi vida no ha sido más que un prólogo y que restan muchos capítulos por escribir. Reconozco las zonas dañadas. Algo de mí quedó flotando en esas calles, entre ese paisaje y esos rostros que no encajan en ninguna parte. Siento que nunca me he ido del todo de allá, que no he vuelto del todo aquí. Ordeno el armario, doy con un antiguo chaquetón de papá. Registro sus bolsillos; encuentro un pedazo de pan añejo y una foto mía.

Recorrí, del brazo del gemelo de mi padre, esa ciudad de infancia, recreando caminatas cotidianas, antiguos paseos. Espiamos a las personas que habitaban la que fue su primera casa. Comprobé el mortero incrustado que derrumbó su segunda residencia, y que habíamos visto con papá en las pantallas de televisión. Yo regresaba, cincuenta años después de que mi padre abandonara ese lugar, para apreciar el mismo paisaje de las ciudades en guerra.

Papá, te recuerdo leyendo el diario, sumergido en las hojas desplegadas del periódico, buscando entre líneas tu historia de niño. Creo que después de este viaje te conozco, te entiendo más. Pero ya no importa. No pude despedirte, quedaste con ese enfado mudo para siempre. Mi mano quedó agitándose en un inconcluso adiós. Recorto las imágenes de guerra, son siempre en blanco y negro sin importar la época. Te podría hablar de mi guerra, del hombre que amé, de los que me han herido en el centro del corazón. Ahora entiendes que cuando estoy lejana, ausente, con la mirada perdida, como absorta en mis pensamientos, hipnotizada en mis libros, escribiendo febril en mi cuaderno, es porque yo también estoy viviendo mi propia guerra.

Reviso las imágenes del viaje. Me detengo en esa foto donde aparece un hombre que mira hacia afuera de los límites del retrato. Fue en la ciudad de las catedrales. Con los ojos me dice algo, no sé su nombre. Es curioso, está en la esquina más nítida de la foto. El resto de la imagen está inundada de luz. Sé que lo enfoqué sin intención, pero aparece ahí, mirándome profundo con sus pupilas negras. Creo que embrujó el disparador apuntando su rostro anguloso, con un halo de misterio. Lo sostiene la profundidad de campo, el primer plano borroso.

Recuerdo el día que estaba en el cuarto oscuro. Deposité la lámina en la cubeta sumergiéndola con cuidado en los líquidos. Fueron apareciendo las formas, los contrastes; en un contraste distinguí un cuerpo extraño. El intruso se fue componiendo poco a poco. Se hizo realidad con el fijador, luego le pude ver mejor tras pasarlo por la ampliadora. El hombre estaba en un margen, cayéndose de toda mirada panorámica. Quisiera preguntarle por la sentencia que dictan sus ojos. Llevo la foto en medio de las hojas de la agenda; no se la he mostrado a nadie. La miro por las noches para, en el día, buscarlo en el camino al trabajo, en un vagón de metro, en el aeropuerto, desde la ventana, en mis sueños.

¿Quién eres? Me ofreces una sonrisa subversiva. Somos expertos en fracturas, estamos rodeados de restos y fragmentos. Tú también odias las multitudes y miras desde afuera las situaciones colectivas. Permaneces como yo, en el borde de todo, incluso de mi foto. En las fiestas también eres la sombra ubicada en una esquina que observa las copas vacías, los muebles fuera de lugar y las alfombras enrolladas. Eres la parte de mí que quedó vagando en ese otro continente. Esa mitad que debo ir a buscar.

12. Suena ocupado

Temprano en la mañana marco el número telefónico de la casa de la avenida de las palmeras. Nunca se olvida el número de la infancia. Suena ocupado. Cuelgo. Insisto. Contesta la voz de una pequeña niña y siento temor de ser yo la que está al otro lado del auricular.

Abro la agenda. Ahí está la foto del extraño. Espero que la forma se ajuste y tenga una identidad que reconocer en ese hombre. Porque, después de todo, es la carta abierta que dejo, el nexo que invento para volver a ese lugar. Una foto que llevo mientras evito el sol de la tarde. Me detengo en esa imagen. Es curioso, está en la esquina más nítida, pero él aparece fuera de foco. El resto quedó inundado de luz. Sé que lo enfoqué sin intención, pero aparece ahí. Un hombre retratado por azar me mira a los ojos. ¿Qué ve? Reemplazo el retrato de Franz por su foto en mi velador, le hablo antes de quedarme dormida, apago la luz. ¿Somos el recuerdo de alguien que hemos olvidado?

Camino, recuerdo. Soy Tamara. Hice un leve cambio en mi habitación. Soy Tamara. Estoy dirigiéndome al trabajo. Camino en la dirección contraria, debo romper la consigna del silencio.

13. Carta diferida

Mi tío escribe anunciando que agoniza.

Que una ciruela ha madurado azulosa bajo su axila.

Que me deja lo único importante que tiene: su reloj de cadera y su colección de perros de loza.

La precariedad de los trajines de la emergencia diaria.

Vivir entre bombas, hombres repartidos por los frentes y por los escondites.

La nueva pobreza de posguerra, casa y pertenencias perdidas, se va a la calle. Entre los muebles procedentes de la mudanza de un hombre, comprendiste en una tarde bochornosa, en un cuarto angosto con el sol de refilón, que nada volvería a ser lo mismo.

Temía que cada pregunta contuviese una respuesta que no sabía identificar.

Doy vueltas a un vaso sobre el pliego de la carta de respuesta.

Se esparcen las palabras, las letras se deforman, una mancha de tinta se expande por la hoja en signos salpicados, en ideas estrelladas contra un muro.

La última carta llega después de su muerte.

14. Tras bambalinas

Estoy en el camarín; me invade el miedo. No quiero mirar al público, ver el rostro de los concurrentes. Tras bambalinas, muevo los hilos que transportan esta historia que me invade bajo la ducha, en el trayecto de mi casa al trabajo, ida y vuelta, cada vez que divago o leo el diario y atravieso la hoja.

Ya he visto a través de las cortinas. No es como la vida de los días ajena a los escenarios, sino la vida improvisada de los momentos que se revelan, con el cedazo de un diafragma, de una fotografía, una verja, una ventana o una puerta. Escoger una imagen matriz para diseñar un sendero y golpear con esa imagen. Acariciar un objeto creado para incluir en una naturaleza muerta. Ejercer una mirada transversal a lo ya conocido. Practicamos una exploración del terreno como si se tratara de una geografía. En la memoria las cosas ocurren por segunda vez, por tercera. Las páginas vuelven a escribirse una y otra vez. Movimientos centrífugos para disolver las formas pretéritas una vez halladas. Los mapas personales están trazados con esmero y pulcramente coloreados. Los paisajes externos han dispuesto proporciones, distancias, colores y luces.

Quién seré después de que caiga el telón y la palabra FIN se escriba. ¿Qué será de nosotros? Aún estamos vivos. Después de esto, ¿qué nos queda? Alguien se mueve con gesto de estratega. Hay un texto escrito en muchos idiomas. La esquina donde debo ubicarme es tan estrecha. Me acomodo entre los otros integrantes del elenco. Todos deberemos desplegar nuestra narrativa, nuestra cartografía personal. Repito el perfil de mi personaje, cada una de sus características, su lema. Uno, dos tres. Respiro hondo y salgo a escena. Alguien proclama que aquí termina algo, que aquí empieza algo. La historia no se devuelve sólo en el tiempo, sino también en el espacio.

15. Puesta en escena

Se abren las pesadas cortinas del teatro. Es el día de la representación. Se ilumina el vasto escenario. El reparto nos depara sorpresas. Nos representaremos por primera vez en presencia del otro. Hemos memorizado un texto y el gesto que nos caracteriza. Nuestros laberintos han confluido en la misma salida.

De un costado del escenario salen algunos personajes; caminan hacia el comienzo de las tablas. Entre los espesos velos de terciopelo se asoma mamá. Arrastra los pies, lleva las muñecas vendadas y se para en el centro. Está muy maquillada. Tiene delineado el vértice de los ojos. Su rostro se ve terso, sus facciones tan bien dibujadas. Mamá ha recuperado su belleza. Mueve sus pestañas largas y onduladas, pero se han caído levemente sus pómulos. Retoca su boca con un lápiz labial. Mamá se ha teñido el pelo de rubio, le queda bien. Lleva puesta la camisa que le regalé. No grita, no grita, no grita. Me dice que hace tiempo que no se enferma. Me mira de otra forma, me mira. Saca de su cartera un peine. Me comienza a cepillar el pelo. Sus manos recorren suave mi melena. Me acaricia con una electricidad en marcha lenta. Va procurando, entre las hebras, mi perdón.

Susurra una melodía con su garganta. Su rostro cambia de expresión, se ve tan cansada._

Mis hermanos entran tomados de la mano, esbeltos, bellos, con su mirada clara. Se sitúan en cada extremo y una luz azul les baña el rostro. Papá sale del otro costado. Cojea, camina con dificultad, sonríe levemente con su dentadura azarosa. Lleva la basta del pantalón deshecha y una boina ladeada sobre su cabeza calva. Bajo su brazo presiona un grueso periódico. Detrás de él aparece su gemelo, dos veces papá. Sostiene un mapa desplegado entre sus manos. En su bolsillo guarda un perro de loza.

Papá se sube a mis hombros. Camino con él encima. Su cuerpo pesa. Me cruje la clavícula, y papá sigue en mis hombros. Se tensiona la espalda, el cuello. Giro y papá gira conmigo sobre mis hombros. Avanzo por el escenario. Doy vueltas para un lado y otro. Giro en cámara lenta. Papá, montado sobre mí, no quiere salir de mis hombros. Avanzo hasta el centro del escenario con papá en mis hombros.

De los bastidores salen los dos hombres importantes en mi vida. Están parados en forma paralela, en orden cronológico. Es el turno de Franz. Entra vestido de novio, pero descalzo. Sus pies huesudos rozan la madera en crujidos largos y tenues. Su rostro es una superficie limpia sobre la que se puede escribir otra historia. Lleva un maletín vacío y en la otra mano una página con trazos incomprensibles. Al otro hombre aún no lo conozco. Es el tipo de la foto, impreciso en sus facciones, certero en su mirada. Permanece todo el tiempo en el margen del escenario.

Abrazo al extraño de la foto que continúa en las tablas. Ha salido de la esquina de la foto, avanza al centro y me ofrece una sonrisa ladeada. Me paro a su lado, me mira descubriendo mis redondeces suaves, un pedazo de vestido, un zapato, un costado de valija. Escribo sobre un tren que parte y llega al mismo lugar. Pienso que algún día volveré a ese país, a ese otro continente. La misteriosa imagen de este hombre es el eslabón abierto que me obliga a cerrar la cadena. Volveré a ese lugar a cerrar mi historia. Y tú me esperas allá.

Soy Davor. Exijo que cambien mi papel, estoy muy al fondo de la trama. Por favor. Estoy muy nervioso para decir mi parlamento. Para terminar apropiadamente esta frase. Hablo rápido y dudo. Yo diseñé este teatro. Nadie me escucha; es que hablo muy bajo. No sé por qué gesticulo con las manos. Creo que seré famoso. Soy.

Soy Tamara. Yo soy. Quiero ser invisible. Quiero existir debajo de una mesa. Quiero ordenar el armario. Mi tiempo es vertical. En la memoria las cosas ocurren por segunda, por tercera vez. Temo amanecer diluida en una mancha. Mi tristeza se ladea cuando me acuesto en la cama. ¿Quién me quiere cepillar el pelo? ¿Quién quiere cuidar mi reloj y mi perro de loza? Soy.

Soy papá. Leo en un idioma ajeno. Me protejo en un alfabeto sin memoria. Siempre tengo sed. En mis sienes palpita un tranvía. Quedé en la dirección opuesta. Piso la sangre de mi padre y me elevo. Fui.

Soy Franz. No soy de fiar, registro tus cosas cuando no estás. Tengo un agujero en el pecho. Busco la esquina dorsal de una ciudad. El horizonte mecánico de la muerte. Mi deseo es un borde áspero. ¿Dónde dejé mis zapatos? Voy descalzo. Fui.

Soy el tío. Oí la puerta de la cocina. Oí el susurro del grifo. Oí el zumbido de la nevera. Oí el tintineo de los cubiertos. Ustedes estaban comiendo. No me habían llamado a la mesa. He robado a los muertos. Si los perros ladraran en las fotografías. Fui.

Soy Adela. Soy hija de otro hombre, de alguien que no tiene un papel en esta pieza. Llevo demasiado tiempo delante de sus fotos, se me duermen las piernas. Es raro estar parada en esta línea, entre medio de ustedes. Pero soy.

Soy mamá. A pesar de los gritos. A pesar de mi olvido. A pesar de las enfermedades. Amo a mi trío de sombras melancólicas. Me recuesto sobre los durmientes del tren. A pesar de, soy bella. Y soy.

No sé por qué gesticulo con las manos. Oí el zumbido de la nevera. Estoy muy nervioso para decir mi parlamento. Creo que seré famoso. A pesar de. Quiero ordenar el armario. Mi tiempo es vertical. Mi desolación se ladea cuando me acuesto en la cama. Oí la puerta de la cocina. A pesar de mi olvido. Si los perros ladraran en las fotografías. Soy. En mis sienes palpita un tranvía. Quedé en la dirección opuesta. Oí el tintineo de los cubiertos. En la memoria las cosas ocurren por segunda, por tercera vez. Piso la sangre de mi padre y me elevo. Oí el zumbido de la nevera. A pesar de los gritos. Quedé en la dirección opuesta.

Nuestros monólogos cruzados se elevan hacia la bóveda de la sala. Los personajes se escriben unos a otros. Damos vida a una pose que nos identifica. El director de la obra detiene la escena. Es un instante muerto para nuestros personajes. Nos contempla y corrige nuestras posturas. Se diluye la interrupción y damos vida al gesto pendiente, ahora reformado. Se fragmenta el cuadro, sabemos que la representación ya no es la misma.

Cae el telón. El teatro está repleto. Los espectadores aplauden, golpean fuerte las palmas. Los que estamos en el escenario no sabemos qué hacer. Nos movemos inquietos. Desde aquí sólo vemos cabezas anónimas, puntos negros. Entonces nos miramos unos a otros, hacemos una reverencia y trenzamos las manos aferrándonos, por un instante, a la misma cuerda de vida.

TABLA DE CONTENIDOS

Acto I

9

Acto II

63

Acto III

121

Sobre la autora

Andrea Jeftanovic (Santiago de Chile, 1970) es narradora, ensayista y docente. Es autora de las novelas *Escenario de guerra* (Editorial Alfaguara 2000, Baladí ediciones 2010) y *Geografía de la lengua* (Uqbar editores 2007); y del volumen de cuentos *No aceptes caramelos de extraños* (Uqbar editores 2011, Seix Barral 2012; Premio Círculo de Críticos de Arte de Chile "Mejor obra literaria 2011"). En el campo de la no ficción es autora del conjunto de testimonios y entrevistas *Conversaciones con Isidora Aguirre* (Frontera Sur, 2009) y en el género de ensayo ha publicado el libro *Hablan los hijos. Estéticas y discursos en la perspectiva infantil en la literatura contemporánea* (Cuarto Propio, 2011). Sus relatos han formado parte de diversas antologías nacionales y extranjeras.

Jeftanovic es doctora en literatura hispanoamericana por la Universidad de California, Berkeley. Actualmente se desempeña como académica en la Universidad de Santiago de Chile y trabaja en nuevos proyectos literarios.

Escenario de guerra obtuvo el Premio Consejo Nacional de la Cultura y las Artes a la mejor obra editada y figuró en la lista de los mejores libros de editoriales independiente del diario El País, en España, el año 2010. Esta versión ampliada se ha preparado especialmente para editorial Lanzallamas.

CPSIA information can be obtained
at www.ICGtesting.com
Printed in the USA
BVHW082255060222
628193BV00004B/189